KB053606

저 어리석은 자에게도 각광을! 1

응에게 사랑받는 어리석은 자

멋진 세계에 축복을! 엑스트라

CONTENTS

저 어리석은 자에게도 각광을! 7

용에게 사랑받는 어리석은 자

저 어리석은 자에게도 각광을! 7

용에게 사랑받는 어리석은 자

히루쿠마 지음

유우키 하구레 일러스트

이승원 옮김

프롤로그

"진짜 생각대로 안 풀리네."

나는 자이언트 토드의 사체 앞에서 크게 한숨을 내쉬었다.

온몸이 타액으로 범벅이 돼서 몸이 상당히 무거웠다.

"이렇게 될 리가 없는데 말이야."

나는 그 나라에서 추방된 후 이웃 나라의 액셀이라는 마을로 향했다.

여기는 초보자 모험가의 마을이라 불리는 곳이며 모험가로서 처음부터 다시 시작하기 적당한 장소다.

드래곤 나이트에서 전사로 전직하고 창을 내려놨다. 리오노르 공주에게 받은 검 한 자루로 열심히 싸워봤지만 예전 실력에는 미치지 못했다.

"창이었으면, 이 정도는 식은 죽 먹기였겠지."

이것은 허세가 아니다. 어디까지나 객관적인 사실이다.

드래곤 나이트의 주 무기는 창이다. 검은 보조 장비로 허리에 차고 있을 뿐이고 실제 전투에서 쓰는 일은 거의 없다. 그래서 창술만 갈고 닦았고 검은 거의 휘두르지 않았다.

"이렇게 다를 줄은 생각도 못 했네."

적의 공격을 피하는 건 문제 없다. 하지만 공격할 때 창과 검은 공격 범위가 완전히 달랐다. 게다가 발놀림도 다르니까 움직임이 약간 어색했다.

"익숙해질 수밖에 없나."

지금은 혼자 활동하고 있지만 일반적으로 모험가는 남들과 파티를 짠다고 한다.

검술에 좀 익숙해지면 본격적으로 동료를 구해봐야 할 것 같다. 안 그러면 위험할 것이다.

그런 생각을 하면서 걷고 있을 때 떨어진 곳에서 전투음이 들렸다.

그곳을 주시하자 조금 떨어진 곳에서 모험가가 전투를 하고 있었다.

방패를 든 전위 한 명, 그리고 궁수와 마법사가 후위를 맡고 있었다.

꽤 고전하고 있는 것 같으니까 도움을 주고 생색을 내볼까. 액셀 마을에 온 지 얼마 안 된 만큼, 이런 식으로라도 지인을 늘려두면 여러모로 좋을 것이다.

나는 전력으로 달려가면서 적이 아니라는 것을 어필하기 위해 고함을 질렀다.

"밀리나 보네, 도와줄게!"

검을 뽑아들면서 그대로 전장에 뛰어들었다.

"오오! 협력해준다니, 고맙다."

"공격이 여의치 않던 상황이었거든. 덕분에 살았어."

전위와 남자 궁수가 감사의 말을 입에 담았다. 마법사로 보이는 여자는 뒷모습만 보였지만 지팡이를 살짝 들어 보이며 감사의 뜻을 표시했다.

열세에 처해 있던 모험가들은 전위인 내가 가세한 덕분에 유리해졌고 곧 싸움의 결판이 났다.

"고맙다. 보아하니 모험가 같은데, 처음 보는 얼굴인걸."

"응. 이 마을에 온 지 얼마 안 됐거든."

나는 꽤 고지식해 보이는 인상의 남자에게 대꾸했다.

이런 타입은 기사단에 많았기 때문에 대하기 쉽다.

"하아~. 역시 전위가 테일러 한 명 뿐이니 고전하네."

어깨를 으쓱하며 그렇게 말한 앞 머리카락이 긴 남자는 경박한 인상이었다. 현재 내가 목표로 삼고 있는 양아치 모험가 이미지에 가깝다.

"수고했어~. 어찌어찌 이겼네. 그리고 당신, 도와줘서 고마워."

계속 등을 보이고 서 있던 여자 마법사가 나를 돌아보며 미소 지었다.

"어?"

상대방의 얼굴을 본 나는 그대로 숨을 삼켰다.

다시는 재회할 수 없을 거라 여기며 포기했던 그분이, 이 자리에 있었다.

"뭐야. 왜 얼간이 같은 표정을 짓는 건데? 내 얼굴에 무슨 불만이라도 있어?"

그녀는 인상을 찡그리며 그렇게 따졌다. 화내는 표정도 그분과 똑같았다.

하지만 아니다. 판박이처럼 닮았지만 다른 사람이 분명하다. 미세한 차이점이 위화감을 자아내고 있었다.

이러면 안 된다. 이 사람의 곁에 있으면 공주를 떠올리고 만다. 과거를 떨쳐버리기로 한 만큼 더는 이 사람과 얽히지 않는 편이 좋다.

크게 심호흡을 하며 마음을 진정시켰다.

"아, 미안해. 나는 더스트라고 하는데, 너는 이름이 어떻게 돼?"

"나? 린이야. 잘 부탁해, 이상한 이름을 지닌 전사 씨."

구김 없는 미소를 지으며 손을 내미는 그 여성에게서 나는 눈을 뗄 수 없었다.

그분과 닮았지만 어딘가 다른 그녀를 본 나는 무심코…….

"나, 지금 솔로인데 말이야. 괜찮다면 동료로 받아주지 않겠어?"

그런 말을 입에 담고 말았다.

제1장

저 마왕군이 진격을

1

길드에서 술을 마시며 모험가가 모이기를 기다렸다.

나는 동료들과 함께 항상 앉는 자리에 얌전히 앉아 있었다.

술집이나 식당에 들르면 테이블 위에는 언제나 빈 접시가 산더미처럼 쌓이지만 오늘은 샐러드와 술만 놓여 있었다.

대식가인 페이트포는 배가 불러서 졸린 건지, 여관의 방에서 낮잠을 자고 있다.

"아까 그 이야기가 사실일까?"

테일러는 인상을 찡그리며 팔짱을 끼더니 낮은 신음을 흘렸다.

"거짓말이나 농담 삼아서 그런 소리를 할 리는 없다고."

키스는 술을 들이켜면서 될 대로 되라는 투로 대답했다.

"소문으로 듣기는 했지만 사실이었구나. 하아~."

우리 파티의 홍일점인 린이 턱을 괴며 작게 한숨을 내쉬었다.

동료들과 모험가 길드 안에 있는 이들이 평소와 다르게 침묵을 지키고 있는 데는 이유가 있었다.

그 이유는 길드 접수처 직원인 루나가 아까 한 발언 때문이다.

지금은 긴급 소집으로 부른 모험가들을 기다리고 있고 모두 모이면 정식으로 발표할 거라고 했다.

술을 마시며 멍하니 있는데 모험가들이 차례차례 길드로 모여들었다.

그 중에는 카즈마 일행도 있었다.

어라? 파티 멤버 전원이 다 온 건 아니네. 가장 시끌벅적한 파랑머리 프리스트— 아쿠아 누님이 없잖아. 드문 일도 다 있는걸.

길드 접수처 직원인 루나를 비롯한 길드 직원들은 카즈마 일행이 도착할 때까지 기다리고 있었던 건지, 정식으로 모험가를 소집한 이유를 이야기하기 시작했다.

"자, 모험가 여러분께 이렇게 모여 달라고 부탁드린 이유는 다름이 아니라, 마왕군이 이 마을을 습격할 거라는 소문에 관해 이야기하기 위해서입니다."

그 말을 들은 모험가들은 침묵하거나 혹은 술렁거리는 반응을 보였다.

여자 마법사가 왕도의 기사단에 도움을 요청하는 게 어떠냐는 의견을 내놨지만, 루나는 마왕군의 주 병력이 왕도로 진군할 것이기에 도움을 기대하는 건 어렵다는 말을 했다.

그러고 보니, 리오노르 공주도 그런 말을 했었지.

얼마 전까지 이어진 정신없는 나날이 너무나도 강렬했던 나머지, 까맣게 잊고 있었다.

"저기, 좀 큰일 난 거 아냐?"

린이 목소리를 낮추며 그렇게 중얼거렸다.

키스와 테일러도 같은 의견인지 조용히 고개를 끄덕였다.

"루나도 말했다시피, 이 마을은 풋내기 모험가의 마을이야. 대부분 초보자고 중견급 혹은 우수한 모험가는 거의 없어. 게다가 다른 마을의 실력파 모험가들은 왕도로 집결하고 있는 거지? 그런 상황에서 마왕군이 이곳을 습격한다면 매우 힘든 상황이라고 봐야 할 거야."

"왕도뿐만 아니라 다른 마을의 지원을 받는 것도 어려운 거냐고."

절망적인 상황에 직면했는데도 동료들의 목소리는 어둡지 않았다.

표정에도 절망이 어려 있지 않았다.

"으음, 좀 더 위기감을 가지는 편이 좋지 않을까요?"

어느새 우리가 있는 테이블의 구석에 앉아 있던 융융이 머뭇거리며 의견을 입에 담았다.

융융은 낯가림이 심해서 이렇게 사람들이 많이 모인 곳에서는 우리 자리에 같이 앉을 때가 많았다.

"전에 디스트로이어가 여기를 습격한 적이 있었지? 그때에 비하면 그나마 나아."

나는 혼자서 심각한 분위기를 자아내고 있는 융융을 향해 손을 가볍게 내저으며 그렇게 말했다.

"그것과 이건 별개의 이야기 아니에요?! 왜 이렇게 느긋한 거죠?! 마왕군이 이 마을을 습격할지도 모른단 말이에요! 액셀 마을에는 초보 모험가밖에 없는데……."

나이에 비해 거대한 가슴을 출렁이며 왜 저렇게 화를 내는 걸까.

"그래. 미리 땅을 파서 함정을 만드는 건 어때?!"

여자 마법사가 느닷없이 입을 열더니 마왕군을 격퇴할 아이디어를 내놨다.

다른 녀석들도 비관적인 태도를 보이기보다는 긍정적인 의견을 내놨다.

그 모습을 본 내 동료들도 그 분위기에 편승해서 작전을 내놨다.

"주민들에게 무기를 나눠주고 자경단으로 활동하게 하는 건 어때?"

테일러는 팔짱을 낀 채 낮은 목소리로 그렇게 말했다.

주민에게 무기를 주는 건가. 한가락 하는 녀석들도 많고 전직 모험가도 꽤 되니까 괜찮은 생각일지도 몰라.

"모험가가 아니라도 전투에 참가할 수 있는 녀석들이 있잖아. 아, 좋은 생각이 났어! 마왕군도 질색하는 아쿠시즈 교도를 방패에 달고 싸우는 거야!"

"오, 그거 묘안인걸! 그러면 마왕군도 다가오지 못할 거야."

키스가 끝내주는 아이디어를 내놓자 나는 손가락을 튕기며 동의했다.

"너, 너희는 양심이라는 게 없어?"

"아무리 그래도 그건 너무해요."

린과 융융이 오물 보듯 쳐다보며 그렇게 말했다.

"왜 질색하는 거야? 항상 민폐만 끼쳐대는 놈들이잖아. 이럴 때라도 써먹자고. 신도를 늘릴 기회라고 말하며 살살 부추기면 분명 오케이할걸?"

이제까지 아쿠시즈 교도 때문에 툭하면 험한 꼴을 당했잖아.

특히 온천 마을 아르칸레티아에서는 장난 아니었다고. 솔직히 말해 떠올리기도 싫어.

"이렇게 된 거 서두르자고. 카즈마가 도와주면 간단히…… 그러고 보니, 아쿠아 누님이 없네."

이런 소동에는 가장 먼저 고개를 들이밀 텐데……. 겸사 겸사 그 점에 대해서도 카즈마에게 물어보도록 할까.

내가 자리에서 일어서려고 했는데 누군가가 카즈마에게 다가갔다.

여자 들러리를 두 명이나 거느린, 짜증나게 생긴 미남이었다.

"저 녀석, 어디서 본 적이 있는 것 같은데……."

"너, 또 잊은 거야? 그 유명한 마검사, 미, 미…… 이름이 뭐였지?"

나를 바보 취급하던 린도 이름이 생각나지 않는 건지 이마에 손가락을 대고 신음을 흘렸다.

"사토. ……사토 카즈마. 아쿠아 님의 모습이 보이지 않는데, 어떻게 된 거지?"

미남이 내가 물어보려던 것을 대신 물어봐 줬기에 나는 잠자코 있었다.

"……응? ……뭐야, 야마자키잖아."

아~ 맞아. 저 녀석의 이름은 야마자키였던 것 같아.

"미츠루기다! 이제 그만 내 이름을 외워! 한 글자도 맞추지 못했잖아! 어, 어이, 실은 일부러 이러는 거지? ……뭐, 좋아. 그것보다 아쿠아 님은 어디 계시지? 오늘은 같이 안 온 거야?"

뭐야, 미츠루기였어? 뭐, 남자 이름 같은 건 관심 없다고.

하지만 왜 저 녀석은 아쿠아 누님에게 존칭을 쓰는 거지?

어, 혹시 아쿠시즈 교도인 거야?! 우와~ 저 자식과는 얽히지 말아야지.

"아쿠아는 쪽지를 남겨두고 가출했어."

맙소사. 안 보인다 싶더니 가출한 거냐. 가출이라……. 뭐, 억지 부려서 카즈마를 화나게 한 바람에 엉엉 울면서 도망친 거겠지.

"아쿠아가 어디를 싸돌아다니는지 나도 알고 싶다고. 그 녀석, 마왕을 퇴치하겠다는 쪽지를 남겨놓고 한밤중에 가출한 것 같거든. 심야의 마지막 마차를 탔다면, 지금쯤 아르칸레티아겠지. 마왕군 간부가 줄었으니까 지금이라면 마왕성의 결계를 깰 수 있댔어."

"마왕 퇴치?!"

마왕 퇴치?!

미츠루기의 고함과 내 마음속 목소리가 하모니를 이뤘다.

맙소사. 진심인 거야?

아쿠시즈 교도의 아크 프리스트니까, 정신 나간 언동을 해도 개의치 않았지만 마왕 퇴치라니……. 그 정도로 뇌의 상태가 나빠진 걸까. 안 됐네.

놀란 사람은 나만이 아니었던 건지, 미츠루기의 고함을 들은 길드 안의 사람들이 입을 꾹 다물었다.

길드에 있는 모험가들의 얼굴에는 당혹과 경악이 떠올라 있었다.

카즈마와 미츠루기가 무슨 말을 했지만 모험가들과 나와 동료들은 그 대화가 전혀 귀에 들어오지 않았다.

"아쿠아 누님이 혼자 여행을 해? 무리야. 불가능 그 자체라고."

"더스트의 말이 맞아. 너무 무모하다고. 몰상식 자체인 그 사람은 보호자인 카즈마 없이는 생활이 불가능하지 않을까?"

"이런 말은 좀 그렇지만, 솔직히 말해 불안만 업습하는군."

"동감이야. 개인기로 분위기나 띄우는 사람이란 이미지인걸."

내 동료들이 어처구니없는 평가를 내놨지만 나는 그들의 의견에 전적으로 동의한다.

"하, 하지만, 아쿠아 씨는 뛰어난 프리스트잖아요. 혼자서도 어떻게 해낼 수 있지 않을까요?"

이 상황에서 융융만이 아쿠아 누님을 감싸는 말을 했다.

융융도 카즈마 일행과 함께 행동한 적이 많으면서 아직도 뭘 모르네.

"그럼 아쿠아 누님이 지금까지 혼자서 제대로 한 게 있으면 말해봐."

"저기, 으음…… 개인기?"

그것밖에 생각이 안 나는 건지, 융융은 약간 멋쩍어하며 중얼거렸다.

주위에 있는 모험가들도 같은 의견인지 비슷한 말을 늘어놨다.

발언 자체는 좀 그렇지만 다들 아쿠아 누님을 바보 취급하는 것이 아니라 진심으로 걱정하는 것이다.

"아쿠아 씨는 꽤 인망이 있는 것 같네."

"연회에 빠져서는 안 되는 분위기 메이커잖아. 그리고 왠지 내버려 둘 수 없는 분위기를 지녔거든."

나는 린과 시선을 마주하며 쓴웃음을 지었다.

이 액셀 마을에서 아쿠아 누님을 진심으로 싫어하는 사람은 아마 없을 것이다.

……아, 잠깐만. 바닐 나리만은 진짜로 싫어할지도 모르겠는걸.

"진정하세요! 여러분, 제발 진정하세요! ……혹시 이 자리에 오늘 아쿠아 씨를 보신 분은 안 계시나요?"

우리가 술렁거리자 루나는 고함을 질러 우리를 입 다물게 했다.

동료들과 시선을 교환했지만 다들 어깨를 으쓱하며 고개를 저었다. 주위를 둘러봐도…… 아무도 없다. 남들의 눈을 피해 액셀 마을을 빠져나간 것 같다.

그 말을 들은 미츠루기가 아쿠아 누님을 쫓아가겠다면서 금방이라도 길드를 뛰쳐나갈 듯한 반응을 보였다.

"그, 그건 곤란해요! 미츠루기 씨 같은 고 레벨 모험가께서는 왕도 혹은 이 마을을 지켜주셨으면 합니다……! 아쿠아 씨의 수색은 각 마을의 길드에 서둘러 요청해두겠어요……!"

"어이, 그냥 보내줘!"

필사적으로 그를 말리려 하는 루나를 보고 나는 무심코 언성을 높였다.

다들 나를 주목해서 술기운에 테이블 위에 다리를 턱 올려놓으며 거만한 포즈를 취했다.

한심한 소리를 늘어놓지 마. 우리가 그렇게 믿음직하지 못한 거냐고.

"이 마을 정도는 이 자리에 있는 녀석들만으로 충분히 지킬 수 있어. 어이, 누님! 너는 모르겠지만 여기에는 고 레벨 모험가가 잔뜩 있다고. 여자를 둘이나 끼고 다니는 하렘 자식보다는 우리를 믿어!"

어때? 끝내주게 멋있는 한 마디지?

다른 녀석들도 이런 말을 늘어놓는 나한테 확 반한 거 아냐?

반응이 궁금해서 동료들과 주위에 있는 녀석들을 둘러보니 동료들은 도끼눈을 뜨며 미심쩍다는 듯 나를 쳐다보고 있었다.

융융은 내 발언에 놀란 것 같지만 어쩌면 좋을지 모르겠다는 듯이 당황했다. 아까부터 내 시야 구석에서 우왕좌왕하고 있다.

"하, 하지만……! 이 마을에는 레벨이 20 이상 되는 모험가 분이 얼마 안 되지 않나요? 레벨 10 이상 20 미만인 분이 대부분일 거라고 생각해요. 레벨이 20을 넘으면 이 마을을 떠나서 더 짭짤한 몬스터가 서식하는 지역으로 거점을 옮기는 게 관습이니까요. 그러니 이 마을에는 레벨이 20 이상 되는 분은 손으로 꼽을 정도일 거라고 생각하는데요……."

루나는 난처한 표정으로 그렇게 말했다. 길드 직원이면서 모험가들의 정확한 레벨도 파악 못 하고 있는 거야?

내가 마음속으로 그렇게 투덜거렸을 때 한 모험가가 자리에서 일어났다.

"나는 레벨 32야."

"……예?"

루나는 뜻밖의 말을 듣고 얼이 나간 듯한 목소리로 그렇게 대꾸했다.

길드 안이 정적에 감싸인 가운데, 다른 한 남자가 자리에서 일어났다.

"저기……. 저는 레벨 38이에요……."

"어?"

그 두 사람의 뒤를 따르듯, 모험가들이 차례차례 자리에서 일어나며 자신의 레벨을 고백했다.

대부분 레벨 30 이상이고 40을 넘는 이도 있었다.

모험가들의 말이 믿기지 않는 건지, 루나는 미심쩍은 표정을 짓고 그들의 카드를 살펴보았다.

그런 루나의 얼굴에 어린 의심이 경악으로 바뀌는 것은 시간문제였다.

"……여, 여러분은 왜 이렇게 레벨이 높은데 이 마을에 계신 거죠?! 이 마을 주변의 몬스터 상대로는 레벨업 효율도 나쁠 텐데요?"

루나가 그렇게 놀라며 의아하게 생각하는 것도 무리는 아니다.

하지만 이 자리에 있는 남자 모험가 대부분은 그 이유를 안다. 이 마을을 떠나지 않는…… 아니, 떠날 수 없는 이유를 말이다.

그 질문을 받은 모험가가 부끄럽다는 듯이 머리를 긁적인 후 당당한 표정으로 이렇게 말했다.

"그야 이 마을을 좋아하기 때문이지."

거짓말하지 마.

루나는 감동해서 울먹거렸지만 나는 안 속아.

레벨을 입에 담은 자식들은 전부 서큐버스 가게의 단골이잖아! 몇 번이나 가게에서 마주쳤단 말이다!

고 레벨인 녀석들이 전부 남자인 게 그 증거다. 진실을 폭로하고 싶었지만 그랬다간 나도 추궁을 당할지도 모르니…… 그냥 입 다물고 있자.

2

활기를 되찾은 길드 안에서 루나는 희망에 찬 표정을 짓고 있었다.

중견 이상의 모험가가 있다는 사실에 활로를 찾은 것 같았다. 현재는 조를 짜고 있으며 이미 파티에 속한 이들은 파티원끼리 조를 짰다. 인원이 모자란 파티는 지인을 영입했고 그렇게 조편성이 끝나……지 않았네.

딱 한 사람, 쓸쓸하게 홀로 서 있는 녀석이 있었다.

세상이 다 아는 외톨이의 화신, 융융이다.

융융은 어영부영하고 있지만 뭔가를 기대하듯 우리 근처에 있었다. 같은 조원인지 아닌지 판단하기 어려운 거리였다.

동료들이 「조원으로 삼아줘」라는 의미가 담긴 시선을 나에게 보내와서 어쩔 수 없이 말을 건넸다.

"어이, 뭐 하는 거야. 여기는 네가 있을 곳이 아니라고."

내 말을 들은 융융의 얼굴이 절망으로 물들더니, 그녀는 금방이라도 울음을 터뜨릴 듯한 표정을 지었다. 내 동료들은 눈을 치켜뜨고 나를 응시한 후, 작은 목소리로 「바보!」라고 말하며 비난했다.

융융도 내가 그런 말을 할 거라고는 생각도 못한 것 같았다.

"저, 저기…… 죄, 죄송해요…………."

몇 번이나 고개를 숙이며 사과한 융융은 다른 곳으로 가려고 했고, 나는 그녀의 팔을 움켜잡았다.

그리고 깜짝 놀란 융융의 팔을 잡아끌고 카즈마의 곁으로 데려갔다.

상황을 이해하지 못한 융융은 얼이 나간 표정으로 나를 쳐다보았다.

"너는 이 마을에서 1, 2위를 다투는 실력자잖아? 저기 있는 밥맛 마검사 형씨와 진짜배기 홍마족인 네가 힘을 합치면, 마왕 상대로도 꽤 괜찮은 승부를 펼칠 수 있을걸? 너는 그 민폐 마왕을 찾아가서 우리 대신 한 방 먹여주고 와."

"어이, 융융이 진짜배기 홍마족이라면 나는 어떤 홍마족인지 어디 말해보실까."

가슴뿐만 아니라 키도 작은 녀석이 뭐라고 떠들어댔지만 무시했다.

"이 녀석들만으로는 영 마음이 놓이지 않아. 아쿠아 누님을 데리고 돌아오기만 할 거라면 몰라도, 이 녀석들이라면 또 변변찮은 일에 휘말릴 것 같거든. 엉터리 아크 위저드가 아니라, 진짜배기 아크 위저드인 네가 같이 가줘. ……그리고 너는 텔레포트를 쓸 수 있잖아? 여차하면 이 녀석들을 버려두고, 너 혼자만이라도 돌아오라고."

내가 그렇게 말하며 웃자 융융은 어찌 된 건지 촉촉하게 젖은 눈동자로 나를 응시했다.

웬일로 내가 칭찬을 해줘서 기뻐하는 걸까?

"어이, 엉터리 아크 위저드가 대체 누구인지 어디 말해보실까!"

우리 사이에 끼어든 메구밍이 내 멱살을 움켜잡았다.

이 녀석, 사실을 말했더니 발끈하네!

"쪼끄마한 녀석이 힘은 되게 좋네! 어이, 흔들지 마! 확 네 머리에 토해버린다!"

술 취한 사람을 흔들어대지 말라고. 미지근한 술이 목에서 역류하고 있으니 그만해!

메구밍에게 멱살을 잡힌 내가 필사적으로 저항하고 있을 때 시야 구석에 있는 융융이 부끄러워하며 입을 여는 모습이 보였다.

"—알았어요. 저는 아쿠아 씨를 도우러 가겠어요! 치, 친구……를, 돕는 건 당연한 일이니까요……."

어, 스스로 결심을 한 건가?

융융의 미소를 본 나는 기분이 썩 나쁘지 않았다. 내성적인 저 녀석치고는 과감하게 결단을 내렸는걸.

하지만 다른 한 홍마족은 관둘 기색이 없구만!

"홍마족은 남이 걸어온 싸움을 꼭 받아주는 종족이죠. 이 싸움, 받아주마. 자, 밖으로 따라 나와라!"

메구밍이 내 옷자락을 잡고 밖으로 끌고 나가려 했다.

내가 필사적으로 저항하며 메구밍에게서 벗어나는 사이, 상황이 진행된 것 같았다.

무슨 일이 있었던 건지는 모르겠지만, 마검을 쓰는 형씨가 풀이 죽었는지 다른 두 들러리에게 위로를 받고 있었다.

잘은 몰라도 그 모습을 보니 속이 개운했다.

"더스트 군~! 더스트 군~!! 미남 님께서 파티 권유에 실패했어! 여자를 꼬시는 것처럼 손을 내밀었는데 대차게 차였네! 미남 님도 차일 때가 있구나!"

진짜냐. 재미있는 일도 다 있네!

"푸하하하하, 꼴좋다~! 외톨이로 유명한 저 녀석도 친구는 가려서 사귄다고!"

나와 카즈마가 그렇게 떠들자 융융과 두 들러리는 얼굴을 새빨갛게 붉히며 뭐라고 떠들어댔다. 하지만 나는 배꼽 빠지게 웃느라 제대로 듣지 못했다.

결국, 미츠루기의 들러리들에게 쫓겨난 나는 동료들이 있는 자리로 돌아갔다.

카즈마 일행은 무슨 이야기를 나누고 있는 것 같지만 더는 끼어들지 말아야지.

"진짜 못 말리겠네. 소동 좀 일으키지 마."

"저 미남의 표정을 봤어? 오랜만에 배꼽 빠지게 웃었네."

어이없어하는 린에게 그렇게 말하자 그녀는 쓴웃음을 지었다.

아까까지 같은 테이블에 앉아 있었던 테일러와 키스는 다른 녀석들과 마왕군을 격퇴할 작전을 짜고 있었다.

그런 두 사람에게 들리지 않도록 린이 내 귀에 입을 대고 작은 목소리로 말했다.

"너는 마왕 토벌에 동행하지 않을 거야? 네가 페이트포와 힘을 합쳐서 진짜 실력을 발휘한다면, 저 멤버들 사이에서도 충분히 활약할 수 있을 거 아냐."

린은 원래 드래곤 나이트였던 나의 진짜 실력을 알아서 이렇게 생각하는 것이리라.

"뭐, 그거야 그렇지. 하지만 나한테는 남들의 주목을 받는 역할은 어울리지 않아. 순풍에 돛단 듯한 인생을 내팽개치고, 이런 곳으로 굴러들어온 어리석은 놈이니까 말이야. 마왕 토벌 같은 건 내 적성에 안 맞는다고."

게다가 여기에는 내가 지켜야 할 녀석들이 있거든.

그 후 모험가들은 마왕군을 격퇴할 작전을 신나게 짰다.

위기 상황인데도 이렇게 밝고 긍정적인 이 녀석들이 정말 마음에 들어.

술을 마시면서 대화를 나누는 카즈마 일행을 쳐다보니, 그들은 마왕 토벌과 아쿠아 누님 회수는 미남 형씨 일행과 융융에게 맡기고 액셀 마을에 남기로 한 것 같았다.

카즈마 녀석의 「짐만 될 뿐?」이라는 자기 평가는 이해가 됐다. 하지만 저 녀석답지 않았다.

내 절친은 불평불만을 늘어놓으면서도 동료를 위해 나서는 남자라고 생각했는데 말이지.

카즈마는 그나마 이해가 되지만 폭렬걸과 마조히스트 크루세이더가 아쿠아 누님을 쫓아가지 않는 건 뜻밖이었다. 카즈마를 꽁꽁 묶어서 끌고 가는 한이 있더라도 쫓아갈 녀석들이잖아.

"내 절친도 매정하네."

"너, 아무것도 모르는구나."

내 혼잣말을 들은 린이 쓴웃음을 지었다.

"그게 무슨 의미야?"

"저 두 사람의 얼굴을 유심히 봐."

내가 그 말에 따라 폭렬걸과 마조히스트의 얼굴을 보니, 두 사람은 뭔가 할 말이 있는 것처럼 히죽거리면서 카즈마를 쳐다보고 있었다.

3

그로부터 며칠이 지났다.

평소 장난기가 넘치는 모험가들도 이번만큼은 진지한 건지, 다들 수련을 하거나 몬스터 사냥을 통해 레벨을 올리고 있었다.

리오노르 공주가 헤어지기 전에 준 정보에 따르면 액셀 마을을 공격하는 마왕군은 상당한 규모의 대군이라고 한다.

왜 마왕군은 이런 초보자 모험가의 마을을 공격하는데 열의를 보이는 것일까. 그 이유는 여러 가지다.

우선 초보자 모험가의 마을이 사라진다면 모험가를 육성할 수 없다. 특히 용사라 불리는 치트 능력 보유자는 보통 이 마을에서 여행을 시작한다.

그러니 마왕군 측은 이 마을을 없애면 용사 자체가 나타나지 않을 거라고 생각한 것이다.

그리고 카즈마의 활약도 이유 중 하나이리라.

그는 마왕군 간부를 여럿 해치웠고, 디스트로이어마저 격퇴했다. 마왕군도 그런 공적을 세운 카즈마를 경계할 게 틀림없다.

"그렇다면, 나도 진심으로 싸워야 할지도 모르겠는걸."

액셀 마을과 조금 떨어진 숲에서, 나는 내 키보다 조금 짧은 봉을 손에 쥐고 홀로 수련을 하고 있었다.

근처의 나무를 걷어찬 후 떨어지는 여러 장의 잎사귀를 봉으로 꿰뚫었다.

고향을 떠난 후로 검만 써왔지만 역시 이 정도 길이의 무기가 내 손에 익었다.

"더스뜨는 껌보다 그게 어우려."

지면에 앉아서 나를 지그시 쳐다보던 페이트포가 기쁜 어조로 그렇게 말했다.

"훗, 반하지 말라고."

머리카락을 쓸어올린 후에 봉을 한 손으로 빙글빙글 돌리자 페이트포가 손뼉을 치며 즐거워했다.

우쭐해진 내가 봉을 계속 휘두르고 있을 때—.

"뭐 하는 거야?"

갑자기 차가운 목소리가 들려왔다.

나무 뒤편에서 모습을 드러낸 린이 도끼눈으로 나를 쳐다보았다.

"뭐야. 보고 있었어?"

"둘이서 몰래 움직이는 게 수상해서 따라와 본 건데, 네가 수련을 하고 있지 뭐야. 드디어 로리콤에 눈뜬 건가 싶어서 신고하려고 했는데……. 너, 혹시 열이라도 있는 거 아냐?"

"나는 꼬맹이에겐 흥미 없어. 아얏. 야, 깨물지 마!"

내가 딱 잘라 부정하니 페이트포가 내 발목을 깨물었다.

젠장, 배가 고프다고 내 발을 먹지 말라고.

"운동 부족을 해소할 겸 가볍게 땀을 흘리는 것뿐이야."

봉의 끝을 지면에 댄 나는 거기에 기대면서 푸념을 늘어 놨다.

"숨기지 않아도 돼. 하지만 더스트가 이렇게까지 하다니……. 실은 꽤 위험한 상황인 거야?"

"너야말로 너무 과민반응하는 거 아냐? 레벨이 높은 녀석 들도 있고, 이 마을에는 바닐 나리와 위즈도 있잖아. 어떻 게든 될 거라고."

"아~, 그러고 보니 그 둘이 있네. 하지만 바닐 씨는 악마 잖아? 따지자면 마왕군 편 아냐?"

"아…… 그것도 그러네. 나중에 물어봐야겠다."

내가 창 대신 쓰던 봉을 집어 던지자 페이트포가 쪼르르 걸어와서 내 등에 매달렸다. 그리고 평소와 마찬가지로 직 접 포대기 끈을 써서 자기 몸을 고정했다. 이제 능숙하네.

"어라? 없네."

"자리를 비운 것 같아. 어디 간 걸까?"

"꽈자는……?"

위즈의 마도구점에 가보니 아무도 없었다.

바닐 나리가 주는 과자에 길들여진 페이트포는 손가락을 깨물면서 침을 흘렸다. 이곳에 오면 과자를 먹을 수 있을 거라고 생각한 것이리라.

"으음~, 물건을 사들이러 간 위즈를 나리가 감시하고 있는 걸지도 몰라. 쓸데없는 물건을 사면 바로 벌을 주려고 말이지. 내일 다시 와봐야겠네."

체념하며 돌아서려던 순간, 가게의 문이 열렸다.

안에서 나온 건— 새와 흡사하게 생긴 거대한 인형탈이었다.

"아, 귀엽게 생긴 게 가게에서 나왔어."

"마덥써 보여."

두 사람의 눈에는 저게 귀여워 보이는 건지 린과 페이트포는 환성을 질렀다.

"손님인가. 무슨 일이지? 필요한 게 있으면 말해보도록."

우스꽝스러운 겉모습과 달리, 말투는 꽤 거만했다.

스스로 움직이며 말을 하는 것을 보면 저 안에 누군가 들어 있는 걸까.

"아~ 그러고 보니 이 가게의 마스코트 캐릭터가 늘었다는 소문을 들었어. 네가 그거구나."

"무례하군. 천하고 무례한 인간. 호오, 그 탁한 금발을 보아하니 네가 바닐 님께서 말씀하시던 가난뱅이 양아치 모험가인가."

"나리한테는 그런 말을 들어도 전혀 열받지 않지만, 이 녀석한테 그런 소리를 들으니 속이 부글부글 끓네."

멋대로 지껄여대는 이 정체불명의 인형탈 자식 때문에 화가 치민 나는 그 녀석을 몇 번 걷어찼다.

"무례한 놈! 내가 누구인 줄은 알고 이런 짓을 하는 것이냐!"

"이 가게의 점원 아냐? 괴상한 옷이나 입은 주제에 말이야. 등에 달린 지퍼를 내리면 되겠네. 야, 빨리 튀어나와."

"이익, 벗기지 마라! 머, 멈춰라! 젠장, 바닐 님의 거점에서 난동을 부릴 수도 없고……. 등에 업힌 소녀여. 이 방약무인인 남자를 말려다오."

"더스뜨, 저거한떼서 이상한 냄쌔 나. 꽈자 주는 녀서꽈 비스태."

페이트포는 자신에게 도움을 청한 인형탈 자식을 손가락으로 가리킨 후 인상을 썼다.

과자를 주는 녀석이라면 바닐 나리겠지. 바닐 나리와 비슷한 냄새가 난다는 건, 혹시……?

"너, 악마냐?"

"그렇다! 내 이름은 제레실트. 잔학공이라 불리는 귀족이자, 악마다."

인형탈 자식은 거들먹거리듯 가슴을 펴고 그렇게 말했다.

잔학공인가. 기사 시절에 그 이름을 들은 적이 있다. 수수께끼가 많은 인물이라는 소문이 돌았는데, 설마 이런 자일 줄이야.

"훗, 놀랐겠지……. 왜 그렇게 안 됐다는 눈길로 나를 쳐다보는 거지?"

"악마와 귀족 중에는 괴짜가 많긴 하네."

"다크니스와 바닐 씨만 봐도 납득이 돼."

놀라울 정도로 순순히 납득하고 말았다.

가면을 쓴 악마가 경영하는 가게가 있을 정도다. 인형탈을 입은 악마 귀족이 있어도 이상할 게 없나?

"뭐, 좋아. 그런데 뭐시기 공. 바닐 나리와 위즈는 어디 있어?"

"내가 누구인지 알고도 태도에 변화가 없는 건가. 강단이 있다고 칭찬해야 하나……. 그 두 분은 카즈마라는 소년과 함께 동굴에 갔다. 며칠 동안 자리를 비울 거라는 말을 남기고 말이다."

이 타이밍에 카즈마와 함께 외출한 건가.

"카즈마와 뭘 하러 간 건데?"

"가르쳐줘도 상관없다만, 나는 악마지. 내가 제시하는 합당한 조건을 받아준다면 알려주마. 악마인 내가 선호하는—."

나는 아무 말 없이 제레실트의 머리를 움켜쥔 후, 강제로 몸을 앞쪽으로 숙이게 해서 등에 달린 지퍼를 조금 내렸다.

"좋아. 이 안에 침을 흘려 넣어."

과자를 먹을 수 있을 거라는 생각에 참고 있던 페이트포의, 한계를 넘어선 굶주림이 만들어낸 대량의 타액을 그 안에 흘려 넣었다.

"하지 마라! 끈적끈적…… 으갸아아아앗! 뭐냐? 아, 아파! 이 타액이 닿으니 아프단 말이다!"

인형탈 안에 침을 넣자 제레실트는 바닥을 뒹굴며 괴로워했다.

호들갑스러운 반응이라 여기고 코웃음을 치려던 내 머릿속에 어떤 생각이 스쳐 지나갔다.

아, 그래. 페이트포는 신성 속성의 화이트 드래곤이지. 그 침이 신성 속성이라고 해도 이상할 게 없다.

악마인 저 인형탈은 펄펄 끓는 물을 뒤집어 쓴 것 같은 고통을 느끼는 걸지도 모른다.

한동안 고통에 몸부림치던 인형탈이 부들부들 떨면서 몸을 어찌어찌 일으켰다.

"엄청난 인간이구나. 설마 화이트 드래곤을 사역하고 있을 줄이야. 알았다. 이야기해줄 테니 그 소녀를 멀찍이 떼어놔라. 아마, 그 소년의 레벨업을 돕는다고 했던 것 같은데……."

그렇게 된 건가. 길드에서는 아쿠아 누님을 미남에게 맡기겠다고 말했지만 레벨을 올린 후에 쫓아갈 생각인 걸까. 솔직하지 못한 카즈마다웠다.

바닐 나리들도 협력하고 있는 것을 보면 나리는 마왕군에 협력할 생각이 없는 것이리라.

"시끄럽게 떠들어서 미안해. 자, 돌아가자."

질문을 마치고 돌아가려던 순간, 제레실트가 내 옷을 움켜잡았다.

"잠깐 기다리도록……."

큰일 났다. 괴상한 겉모습을 보고 방심했지만 이 녀석도 악마다. 이제까지의 내 행동 때문에 열을 받은 건가.

허리춤의 검에 손을 가져가며 린을 감싸기 위해 앞으로 나섰을 때 제레실트는 몸을 돌리면서 자신의 뒤편을 날개로 가리켰다.

"돌아갈 거라면, 저것도 데려가 주지 않겠나?"

저것이란 이 가게 구석에서 무릎을 꼭 끌어안은 채 「바닐 님이 안 계셔. 바닐 님이 안 계셔……」라고 되풀이해서 중얼거리는 로리 서큐버스를 말하는 걸까.

린은 먼저 길드로 돌아갔고 나는 옆구리에 낀 로리 서큐버스를 가게에 데려다주기로 했다.

"그런데 너는 거기서 뭘 하고 있었던 거야?"

"바닐 님의 냄새를 맡으러…… 가게 일을 도우러 갔더니, 한동안 돌아오지 않으실 거란 말을 들었어요."

그러고 보니 이 녀석은 매일같이 마도구점에 드나들지. 바닐 나리는 연애에 흥미가 없어서 퉁명한 태도를 보이지만 꿋꿋하게 매달리는 점만큼은 대단하다고 생각해.

"나리와 위즈는 카즈마의 수행을 돕고 있나 봐."

"역시 마왕군이 이 마을을 노리고 있다는 건 사실인가 보네요."

"어째서 알고 있는 거야? 주민들에게 걱정을 끼치지 않기 위해 비밀로 해달라고 루나가 침이 마르도록 말했다고."

설마…… 마왕군의 끄나풀인 건가?

이 마을에 완전히 녹아들어 있어서 까맣게 잊고 있었지만 서큐버스는 악마다. 마왕군의 편에 서더라도 이상할 것이 전혀 없다.

"왜 그렇게 무서운 표정을 짓는 거예요? 혹시 이상한 상상을 했어요? 아, 아니거든요? 「마왕군이 쳐들어와도 지켜주겠어! 그러니 요금을 좀 깎아주면 안 돼?」라고 몇몇 단골분이 말해서 아는 거예요."

"그 바보 멍청이들이……."

서큐버스 앞에서 무게 좀 잡으려고 입을 함부로 놀린 건가.

"하아아~ 진짜 못 말리는 녀석들이야."

"반응을 보아하니 사실 같네요."

"……응. 그래. 너희는 어떻게 할 거야? 마왕군과 적대하는 건 위험하지 않아?"

"으음~ 저희는 마왕군의 일원이 아니거든요. 서큐버스들도 이 마을에 남겠다고 했어요. 바닐 님이 마왕군을 도우라고 명령하신다면 따르겠지만, 아마 그런 말씀은 하지 않으시겠죠."

로리 서큐버스는 볼에 손을 댄 채 고개를 갸웃거렸다.

그 모습을 보아하니 거짓말을 하는 것 같지는 않았다.

서큐버스들이 남아준다는 건 솔직히 고마웠다. 중견급 모험가 자식들은 서큐버스 가게가 있어서 이 마을에 남아있는 것이다.

만약 서큐버스가 마왕군의 편에 선다면 그쪽에 붙고 싶어 하는 녀석이 있을지도 모른다.

"솔직히 말해 승산은 어느 정도인가요?"

옆구리에 끼고 있는 로리 서큐버스가 진지한 눈길로 나를 쳐다보았다.

"글쎄."

나는 리오노르 공주에게 미리 세세한 정보를 들었다. 마왕군은 상당한 숫자를 이곳으로 보냈다고 한다. 솔직히 말해 낙관할 수 있는 상황이 아니었다.

"더스트 씨가 진지한 표정을 짓는 걸 보면, 농담할 상황이 아닌가 보네요. 하지만……."

로리 서큐버스는 입을 다물더니 나를 지그시 올려다보았다.

"왜, 왜 그래?"

"그래도 더스트 씨가 지켜줄 거죠?"

그렇게 말한 로리 서큐버스는 전혀 걱정하지 않는 것처럼 나를 향해 미소 지었다.

나는 아무 말 없이 로리 서큐버스를 지면에 내려놓은 후 머리를 거칠게 쓰다듬어줬다.

"내 알 바 아냐. 무서우면 피난하라고."

"말은 그러면서도, 실은 지켜줄 거잖아요. 부끄러워하기는~."

히죽거리면서 내 옆구리를 찌르지 마.

"흥, 멋대로 떠들라고."

"예. 멋대로 떠들게요."

4

로리 서큐버스를 가게에 데려다준 후, 거리를 어슬렁거리던 나는 물건을 진열하던 단골 잡화점 아저씨와 눈이 마주쳤다.

"돈 줘."

"대뜸 그딴 소리냐! 말이라는 건 하기 나름이잖아!"

알기 쉽고 간결하게 말했을 뿐인데 이 아저씨는 발끈했다.

평소에는 팔다 남은 걸 갈취해서 최종적으로는 그것을 팔아치워 돈으로 만든다. 그러니 친절을 베풀 겸 그 중간 과정을 생략했을 뿐이다.

"하아, 너는 여전하구만. 다른 모험가들은 요즘 바쁜 것

같던데."

"그게 무슨 소리야?"

"마왕군이 이 마을을 노린다지?"

어이쿠, 이 아저씨도 알고 있는 거냐. 함구령 같은 건 아무도 안 지키나 보네.

"대체 누구한테 들은 거야? 어쩌면 흉흉한 가짜 정보를 흘려서 무기와 식량의 시세를 조작해 한몫 잡으려는 거 아냐? ·········잠깐만, 그것도 괜찮겠네."

내 입에서 튀어나온 묘안은 나름 그럴듯하게 느껴졌다.

"누명을 씌우려고 하지 말라고. 상인에게 정보는 생명이거든. 상인쯤 되면 이 정도 정보는 알아서 굴러들어오는 법이지."

나를 무시하듯 코웃음을 치고 의기양양하게 턱을 쓰다듬는 저 태도가 약간 짜증났다. 그건 그렇고, 이 기밀 정보는 줄줄 새고 있네.

"하아~ 뭐, 숨겨봤자 소용없겠지. 뭐, 아무래도 그렇게 되려나 봐. 아저씨는 가게 접고 도망치지 않는 거야?"

"헛소리 늘어놓지 말라고. 내가 얼마나 고생해서 이 가게를 차렸는지 알아? 죽은 아내와 함께 구슬땀을 흘려가며, 고생에 고생을 거듭한 끝에 마련한 내 성이다! 손님도 아닌 마왕군 따위는 다 날려버리겠어."

아저씨는 쓸데없이 근육질인 팔의 알통을 어필하며 호쾌하게 웃었다.

도망칠 생각은 눈곱만큼도 없는 것 같았다.

"어이, 아저씨. 자칫하면 죽을지도 모른다고."

"너 같은 젊은것들이 그런 소리 안 해도 안다고. 목숨은 확실히 소중하지. 하지만, 목숨보다 소중한 게 누구에게나 있는 법이잖아?"

아저씨는 내 앞이라서 허세를 부리는 게 아니라, 평소와 같은 어조로 그렇게 말했다.

"뭐, 내가 알 바 아니지. 좋을 대로 해."

"그래. 좋을 대로 할 거다. ……어이, 더스트."

"왜?"

"이걸 가져가라."

아저씨가 그렇게 말하며 나를 향해 던진 것은— 창 한 자루였다.

"뭐 하는 거야. 나는 창 같은 건 안 써. 그리고 꽤 좋은 창이잖아. ……준다면 감사히 받겠지만, 돌려주지는 않을 거라고. 이걸 팔아치워서 오늘 밤에는 한바탕 놀아볼까!"

"이미 준 거니까, 멋대로 해."

평소 같으면 발끈했을 상황이지만 아저씨는 불평 한마디 늘어놓지 않았다.

"너는 검보다 창이 더 익숙하잖아?"

이 아저씨는 자칭 실력파 모험가 출신이라고 했는데 그게 거짓말은 아니었던 걸까.

내 진짜 실력을 눈치채고 있었던 거냐.

"흥. 나중에 후회하지나 마."

"안 해. ……그래도 기대는 하마."

창을 어깨에 짊어지고 가게를 나서려던 순간, 뜻밖의 말을 들은 나는 허둥지둥 뒤를 돌아보았다.

아저씨는 뒤돌아선 채 손을 흔들면서 가게 안으로 들어갔다.

그 후로도 돈이 있을 때 들르는 술집과 도박장에 가봤지만 다들 마왕군이 이 마을을 습격할 거란 소문을 알고 있었다.

경찰서 앞을 지날 때는 경관이 나한테 「더스트, 이 마을을 열심히 지켜달라고」 같은 소리를 했다.

결국, 주민 대부분이 마왕군 습격 소문을 알고 있었다. 그런데 누구 한 명 도망치지 않고 이 마을에 남겠다고 말했다.

"다들, 도망찌지 안는데."

공원 벤치에 앉아서 노점에서 산 꼬치구이를 먹은 페이트포가 만족한 것처럼 입술의 소스를 핥으며 아까 들었던 말을 입에 담았다.

"이 마을 녀석들은 하나같이 무사태평한 바보거든. 바보병은 죽어야 낫는다잖아? 아니다, 죽어도 낫지 않는다던가?"

"더스뜨는 도망 안 찔 꺼야?"

페이트포는 사심 없이 물은 거겠지만 나는 그 말을 듣고 굳어버렸다.

그러고 보니…… 나한테도 도망친다는 선택지가 있었다.

고려조차 하지 않았다. 다른 사람들에게 도망칠 거냐고 물어보면서도 내가 도망칠 생각은 애초에 하지도 않았다.

"결국, 나도 그 녀석들과 같은 족속인 거네."

나는 벤치에서 일어선 후 허리에 찬 검의 자루 부분을 살며시 만졌다.

『너는 내 기사니까, 앞으로는 나 혹은 네가 진정으로 지키고 싶은 사람을 위해서만 창을 써. 그 이외에는 이 검으로 싸우는 거야.』

작별의 순간, 리오노르 공주와 했던 약속이 떠올랐다.

진정으로 지키고 싶은 사람.

그 사람은— 린이다.

겸사겸사 동료들과 절친…… 이 마을에 사는 사랑스러운 바보천치들도 추가해주자.

5

마을과 조금 떨어진 곳에 있는 평원에서 테일러, 키스와 마주한 나는 무기— 창을 들고 있었다.

"더스트, 대체 무슨 바람이 분 거야?"

"네가 우리와 수련을 하고 싶다는 소리를 다 하고 말이야. 그리고 왜 창을 들고 있는 건데?"

두 사람은 무기를 꺼내 들지 않고 불평만 늘어놨다.

페이트포와 린은 근처에 있는 바위에 걸터앉아서 그저 방관하고 있었다.

"마왕군 습격에 대비해서 단련 좀 하려고."

"그 마음은 높이 사지만, 솔직하게 믿어도 될지 모르겠는걸."

"속지 말라고, 테일러. 더스트가 그런 기특한 인간이 아니라는 건 이제까지의 언동으로 충분히 알 수 있잖아. 그리고, 왜 창을 들고 있는 거야?"

팔짱을 끼고 낮은 신음을 흘리던 테일러는 키스의 지적을 듣고 몇 번이나 고개를 끄덕였다.

"단련을 핑계 삼아 우리를 죽여서 입을 막아야 할 만큼 큰 죄를 지은 건가……. 가슴 아프지만, 동료로서 단죄할 수밖에 없겠군."

어이, 왜 방패와 검을 치켜드는 거냐고!

"친구한테 이러려고 하니 몸이 찢겨 나가는 것 같네. 하지만 이것도 세상을 위한 일이니까 어쩔 수 없어. 그런데, 상금을 탈 수는 있을까?"

우는 시늉을 하면서 활을 당기지 말라고!

"무슨 소리를 하는 거야?! 사람을 멋대로 흉악범 취급하지 말라고!"

잠자코 있었더니 멋대로 떠들어대며 망상에 빠진 거냐.

"진짜로 창술을 다시 단련하고 싶기도 하고, 너희에게 해 줄 이야기도 있어."

린은 이미 알고 있지만 테일러와 키스에게는 아직 내 과거를 밝히지 않았다.

내가 창을 쥔 이유와 과거.

그리고 페이트포의 비밀.

그 모든 것을 이 녀석들에게 털어놓기로 한 것이다.

"테일러, 키스. 내가 지금부터 하는 이야기를 잘 들어."

내 과거, 페이트포의 정체, 그 모든 것을 두 사람에게 털어났다.

두 사람은 아무 말 없이 내 이야기를 끝까지 들은 후 땅이 꺼져라 한숨을 내쉬었다.

나는 무슨 말을 할지 몰라 긴장했지만 두 사람은 계속 침묵을 지켰다. 표정 또한 딱히 놀란 것 같지 않고 평소와 다름없었다.

"너희들, 할 말은 없는 거야?"

"드디어 털어놓았군, 같은 생각이 들긴 하네."

"그것보다, 안 들켰을 거라고 생각한 거야?"

……어?

이 녀석들은 이제까지 숨겨왔던 과거를 알고 있었던 거야?!

"언제 알았어?"

"뭐, 그게 말이다. 솔직히 말하자면 어렴풋이 눈치를 채기만 했지, 확신을 한 건 최근이야. 지금은 어디 내놔도 부끄럽지 않은 양아치지만 처음 만났을 즈음에는 때때로 교양이 느껴졌지. 그래서 기사 혹은 귀족 출신일 거라고 생각했어."

"맞아. 말투도 꽤 수상했잖아. 억지로 양아치처럼 구는 느낌이 물씬 났다고. 게다가 신체 능력은 어마어마하게 뛰어난데 검술 실력은 변변치 않다는 것도 앞뒤가 안 맞잖아."

나는 필사적으로 숨겨왔는데 실은 다 들통났던 건가.

이제까지 내가 한 고생은 뭐였던 걸까.

"그래서 이야기를 듣고 납득했어. 뭐, 그 소문 자자한 드래곤 나이트 님일 줄은 몰랐지만……. 페이트포는…… 평범한 소녀는 그렇게 많이 먹지 않지."

"그래. 물리적으로 저 식욕은 이상하잖아. 게다가 절묘한 타이밍에 화이트 드래곤의 소문이 돌았거든."

테일러의 옆에 있는 키스가 몇 번이나 고개를 끄덕였다.

내 걱정이 기우로 끝났다는 사실에 안도하면서도, 동시에 울컥했다. 괜히 시간 낭비를 하지 않아서 다행이지만 이럴 줄 알았으면 처음부터 털어놓을 걸 그랬다는 생각이 들었다.

"하아~ 뭐, 좋아. 괜한 소리 안 해도 되니 잘 됐어."

크게 내쉰 한숨과 함께 동료들에게 숨기는 사실이 있다는 찝찝함을 전부 털어버렸다. 그와 동시에 몸이 가벼워진 느낌이 들었다.

"더스트, 우리는 동료잖아? 그 정도는 눈치채는 게 당연하지."

"그래. 앞으로는 괜히 비밀 같은 걸 만들지 말라고."

동료인가. 그래. 그렇다면 앞으로는 좀 더 신용하도록 할까.

"그럼 린과 리오노르 공주가 바뀐 것도 알고 있었던 거야?"

내가 그 일을 언급하자 두 사람의 표정이 확 달라졌다.

눈을 치켜뜨며 입을 쩍 벌리더니 린 쪽을 힐끔 쳐다보았다.

"뭐? 으, 음. 물론이지. 동료와 타인을 착각할 리가 없잖아. 키스, 안 그래?"

"으, 응. 당연한 걸 묻지 말라고."

두 사람은 수상쩍은 미소를 짓고 어깨동무를 한 뒤 메마른 웃음을 흘렸다.

린은 그런 둘은 미심쩍다는 듯이 응시했다.

"그럼 언제부터 바뀌었는지 대답해봐. 동료라면 눈치챘을 거 아냐."

린은 환한 미소를 지으며 두 사람에게 물었다.

"쉬운 질문이군. 자, 키스. 딱 잘라 말해줘."

"인마, 자기가 모른다고 나한테 떠넘기지 말라고!"

"빨리~, 빨리 대답해봐~."

바위에서 내려온 린이 미소를 머금은 채 다가왔다.

두 사람은 서서히 궁지에 몰리고 있었다.

그 모습을 멍하니 쳐다보는 페이트포를 본 나는—.

"푸핫, 아하하하하하하!"

무심코 웃음을 터뜨렸다.

파티에서 쫓겨나는 것도 각오하고 이제까지 숨겨온 과거를 밝힌 건데, 저 두 사람이 이런 반응을 보일 줄은 몰랐다.

"웃을 시간 있으면 린의 기분을 풀어주라고!"

"부탁이다, 더스트!"

"어쩔 수 없네. 자, 내가 뜨거운 포옹을 해줄 테니까, 용서해…… 우왓?! 다짜고짜 마법을 날리지 마! 맞았으면 죽었을 거라고!"

린이 지팡이를 쥐고 다가오는 가운데, 우리는 서로를 방패로 삼기 위해 몸싸움을 벌였다.

"나는 바로 눈치챘어. 왜냐하면 가슴—."

"너희들 설마 가짜가 가슴이 더 컸지~ 혹은 기품이 있어서 좋았어~ 같은 생각을 한 건 아니지?"

""눈곱만큼도 안 했습니다!""

린이 지팡이를 내릴 때까지 우리는 필사적으로 변명을 늘어놨다.

그 후 나는 동료들과 함께 훈련을 했다.

"하아, 하아. 후우우우. 그야말로 딴 사람이군."

테일러는 지면에 주저앉더니 거칠어진 호흡을 가다듬었다.

조금 떨어진 곳에서는 화살촉이 없는 훈련용 화살이 바닥 난 키스가 화살통을 내팽개치며 바닥에 벌러덩 드러누웠다.

"맙소사, 화살이 한 방도 명중하지 않았다고."

나는 이 두 사람을 일방적으로 몰아붙였지만 만족스럽지는 않았다.

본격적으로 창을 써보니 실력이 줄었다는 것이 느껴졌다. 검보다 다루기 쉽고 예전보다 훨씬 강하기는 했다. 하지만 전성기 수준에는 미치지 못했다.

"키스, 테일러, 훈련을 도와줘서 고마워. 어이, 페이트포. 연습을 겸해서 가볍게 산책이나 가자."

드래곤 나이트나 되어서 꼴사나운 모습으로 드래곤에 올라탈 수는 없으니 말이야.

"응!"

페이트포가 힘차게 옷을 벗어 던지자, 린이 허둥지둥 우리에게 다가왔다. 그리고 우리가 페이트포의 알몸을 볼 수 없도록 시선을 가렸다.

"너희들, 고개 돌려."

어린애 알몸에는 눈곱만큼도 흥미가 없지만, 나는 전에 그런 소리를 했다가 페이트포에게 물린 적이 있기에 순순히 뒤돌아섰다.

"이제 됐어."

다시 돌아보니, 화이트 드래곤의 등에 올라탄 린의 모습이 눈에 들어왔다.

"어이, 린. 너는 왜 탄 거야?"

"괜찮잖아. 혼자 타는 것보다 둘이 타는 게 더 연습이 될 거야. 자, 빨리 타기나 해."

린은 그럴듯한 말을 늘어놨지만, 아무래도 지난번의 야간 비행이 마음에 든 것 같다.

"어쩔 수 없지. 평소보다 조금 무거울 텐데, 괜찮겠어?"

목덜미를 쓰다듬어주며 그렇게 묻자 페이트포는 나에게 얼굴을 비볐다. 아무래도 허락해주는 것 같았다.

나는 린의 앞에 탔고 그녀는 내 허리에 손을 둘렀다.

"잠시 하늘을 날고 올 테니까, 그동안 쉬고 있어."

"그래? 그럼 그렇게 하지."

"한숨 잘 테니까, 마음껏 날다 오라고."

바닥에 벌러덩 드러누워서 손을 흔드는 두 사람의 모습이 눈에 들어왔다.

페이트포가 힘차게 날개를 펄럭이자 몸이 둥실 떠오르면서 그대로 상승했다.

"전에는 밤이라서 그다지 실감이 안 났는데, 의외로 무섭네."

린이 나를 꼭 끌어안았다. 몸이 밀착되면서 가슴이 닿았지만…… 조금만 더 볼륨이 있었다면 즐길 수 있었을 것이다.

"방금 무례한 생각했지?"

"몸을 조르지 마! 떨어지면 너도 죽는다고!"

하마터면 떨어질 뻔했으나 어찌어찌 균형을 잡았다.

다른 이들의 눈에 띄지 않도록 고도를 높여서 날다 보니 뭔가가 이쪽을 향해 날아오는 모습이 보였다. 그것도 다수였다.

"저게 뭐지? 린, 너도 보여?"

"뭐? 어디 있는데?"

린은 내가 손가락으로 가리킨 방향을 가늘게 뜬 눈으로 쳐다보았다.

"으음, 점 같아 보여."

"조금만 더 다가가 볼까."

그것은 우리보다 낮은 위치에서 날고 있었기 때문에 조금 더 다가가더라도 아마 발각되지는 않을 것이다.

서서히 모습이 뚜렷해지자 우리는 그것이 새가 아니라는 사실을 눈치챘다.

"등에 날개가 달린…… 인간?"

"아무래도 악마 같네."

검은색 박쥐 날개가 달린 것을 보면 서큐버스 혹은 일전에 싸웠던 악마 페리에와 동족 같았다.

"악마가 무리를 지어서 이런 곳을 날고 있는 건 이상한 일 아냐?"

"그래. 설마 마왕군의 정찰부대인가?"

대규모 전투에서 병력에 버금갈 만큼 아니, 그것보다 더 중요한 것이 바로 정보다.

정보의 중요성은 기사 시절에 대장에게 귀에 못이 박히도록 들었지.

"식량은 전투 도중에 조달할 수 있다. 병력이 부족하더라도 전략으로 그 차이를 메울 수 있지. 하지만 정보는 사전에 파악해두는 것이 중요하다. 애초에 식량 조달 및 전략도 정보가 있어야 가능하니 말이야. 명심해두도록."

지금도 똑똑히 기억하고 있을 만큼, 인상에 깊이 남아있었다.

정찰부대라면 지금 해치울까?

상공에서 강습한다면 해볼 만한 숫자다. 그리고 린도 마법으로 지원을 해줄 것이다.

아니, 잠깐만 있어 봐. 이대로 해치우는 건 좋은 생각이 아냐. 저 녀석들이 귀환하지 않는다면 상대는 더욱 경계할 거고 다른 악마를 보낼 게 뻔해.

"어떻게 할 거야?"

"마왕군이라면 이참에 병력을 줄여두는 것도 괜찮겠지만, 마왕군과 상관없는 떠돌이 악마일 가능성도 있잖아."

"떠돌이 악마……. 하긴, 바닐 씨 같은 악마도 있으니까."

게다가 액셀 마을 사람들과 공존하는 서큐버스도 있다. 귀족과 악마 중에는 괴짜가 많으니 적이라고 딱 잘라 단정

지을 수는 없다.

해치운 후에 「사람, 아니, 악마를 잘 못 봤네. 미안~」이라고 할 수는 없다.

"하지만 마왕군의 관계자라면 접촉하는 것도 위험할 거야."

"그래~. 하다못해 정체라도 알면…… 아."

의심받지 않으면서 저 녀석들과 접촉할 방법이 생각났다.

페이트포에게 돌아가자고 말한 나는 악마들에게 들키지 않도록 우회하면서 테일러와 키스가 있는 곳으로 향했다.

"벌써 돌아온 건가."

"어이. 아무리 하늘이 개방적이라도 그렇지, 거사를 치르고 돌아오기에는 너무 이른—."

린의 마법을 맞고 날아간 키스를 깔끔하게 무시한 나는 다시 하늘로 날아올랐다.

"저 자식들을 어떻게 해볼 테니까, 너희는 먼저 돌아가."

"알았어. 두 사람한테는 내가 설명해둘게."

페이트포에게서 내린 린에게 뒷일을 맡긴 나는 악마들……이 아니라, 액셀 마을로 향했다.

6

"어이, 로리사 있어~?"

서큐버스 가게에 들어간 나는 큰 목소리로 로리 서큐버스를 찾았다.

"어머, 더스트 님. 그 애를 찾는 건가요?"

색기를 흩뿌리며 다가온 이는 이 가게의 점장인 서큐버스다.

로리 서큐버스와는 다르게 육감적인 몸매를 지녔으며, 몸짓 하나하나에서 색기가 넘쳤다.

"마도구점에서 없어서 여기 있을 줄 알았는데 안 보이네."

가게 안을 둘러봐도 육감적인 몸매를 지닌 서큐버스들 뿐이었고 빈약한 몸매를 지닌 로리 서큐버스는 보이지 않았다.

"마침 잘 됐어요. 바닐 님이 자리를 비우신 바람에 그 애도 기운이 없는 것 같으니, 좀 데리고 나가 주세요. 지금 이대로는 일도 제대로 하지 못할 테니까요."

점장이 불러낸 로리 서큐버스는 딱 봐도 패기가 없었다.

고개를 푹 숙인 채 몇 번이나 한숨을 내쉬었다.

"표정 한번 더럽게 어둡네."

"하루에 한 번은 꼭 바닐 님을 뵙고 체취를 맡아야 의욕이 나거든요."

"나리의 몸은 흙으로 되어 있으니까……. 땅에 코를 박고 냄새를 맡으라고."

"바닐 님의 육체를 흔한 흙과 똑같이 취급하지 말아 주세요!"

아니, 흔한 흙 맞잖아.

예전에 가면이 본체라 몸의 흙은 뭐든 상관없다고 나리가 말했어.

"어이, 나 좀 도와주라. 어차피 이 가게의 영업에는 별로 도움이 안 되고 있잖아?"

"싫어요. 오늘은 의욕이 없으니까 아무것도 안 할 거고, 꼼짝도 안 할 거예요."

고개를 돌린 로리 서큐버스가 볼을 부풀리며 딱 잘라 거절했다.

진짜 성가신 여자라니깐.

"네가 좋아할 만한 걸 줄 테니까, 그런 소리하지 말고."

"이제 안 속을 거예요. 전에도 바닐 님이 쓰던 컵을 주겠다고 거짓말했잖아요. 참, 바닐 님이 직접 만든 만쥬를 준다는 건 어떻게 된 거예요?!"

쓸데없는 일을 떠올린 것 같다.

매번 거짓말로 적당히 구슬려서 이용해왔는데, 어느새 쓸데없이 영악해졌는걸.

"미안해, 미안하다고. 이번에야말로 가짜가 아니라 진짜를 줄게."

"흥."

고개를 휙 돌렸지만 시선은 여전히 나를 향하고 있었다.

"이번 건 나리의 팬이라면 꼭 가지고 싶어 할 물건이야."

내가 품속에서 꺼낸 것은 팬티 한 장이다.

그것을 본 순간, 로리 서큐버스는 고속으로 다가와서 그 속옷을 뚫어지게 응시했다.

"제가 또 속을 것…… 이 감미로우면서 그리운 느낌이 드는 향기는……. 바닐 님의 몸에서 나던 향기와 똑같아요!"

충혈된 눈을 한계까지 치켜뜨며 열띤 어조로 그런 소리를 늘어놓는 모습이 정말 징그러웠다.

그래도 완전히 속아 넘어갔네. 시판되는 팬티를 사서 마도구점 앞마당의 흙을 묻혔을 뿐인데…….

"어쩔 수 없군요. 이번에는 도와주겠어요. 그래도 저를 헤픈 여자라고 생각하지는 마세요."

속옷을 정성껏 접어서 품속에 넣지만 않았다면 방금 그 말에 조금은 설득력이 있었을 텐데.

"그건 그렇고, 뭘 도우면 되나요?"

"그게, 실은—."

"즉, 수상한 악마 무리와 이야기를 나눠보면 되는 거네요."

"그래. 만약 마왕군이라면, 목적이 뭔지 캐내주지 않겠어?"

"좋아요. 손님에게서 원하는 이야기를 알아내는 게 특기거든요. 그리고 저희 서큐버스는 이 마을 분들에게 신세를 지고 있잖아요. 그 정도는 당연히 해드려야죠."

로리 서큐버스는 가슴을 두드리며 자신만만하게 말했다.

아까까지의 거동을 생각하면 불안하기 그지없지만 일단은 맡겨볼 수밖에 없다.

숲에 숨어 있으라고 한 드래곤 형태의 페이트포에게 내가 올라타자, 어찌 된 영문인지 로리 서큐버스도 「영차」 하면서 내 뒤에 탔다.

"어이, 너는 하늘을 날 수 있잖아."

"저와 페이트포 양은 속도가 하늘과 땅만큼 차이 나거든요. 그리고 한번 드래곤에 타보고 싶었어요. 자, 가죠!"

로리 서큐버스는 손을 휘두르며 힘찬 목소리로 그렇게 말했고, 나는 「꽉 잡으라고」 하고 충고를 해준 후에 전력으로 하늘을 날았다.

"우와~, 빠르네요! 엉덩이를 대면 얼얼해서 살짝 들고 있지만, 이 속도를 체험하니 직접 날 마음이 싹 가시는 것 같아요~."

그래서 두손 두발로 내 몸을 꼭 안고 있는 건가.

"흔들지 마! 위험하다고!"

뒤편에서 로리 서큐버스가 떠들어대는 소리가 거슬렸다.

엉덩이가 얼얼한 건, 화이트 드래곤이 신성 속성이기 때문일까. 악마와는 상성이 나쁠 것이다.

"어이쿠, 보이기 시작했군."

나는 속도를 줄인 후 집단 비행 중인 악마들을 상공에서 관찰했다.

박쥐를 연상케 하는 저 날개는 로리 서큐버스의 날개와 비슷했다. 하지만 저 악마들은 전부 남자처럼 생겼다.

"저 녀석들의 종족이 뭔지 알겠어?"

"우와아~ 인큐버스……."

로리 서큐버스는 인상을 쓰고 그렇게 중얼거렸다. 표정을 보아하니 저 녀석들을 질색하는 것 같았다.

"인큐버스라면 그거지? 남자 버전 서큐버스 말이야."

서큐버스와 반대로 여자에게서 정기를 얻는 남성형 악마, 라는 이야기는 들어본 적이 있다.

"저희와 동족 취급하지 말아 주세요! 인큐버스는 서큐버스의 천적이에요. 같은 몽마(夢魔)이기는 하지만, 저 녀석들은 하나같이 나르시시스트에 자의식 과잉인 걸로 모자라 자존심까지 더럽게 세단 말이에요! 진짜 신물 나는 자식들이라고요!"

로리 서큐버스는 얼굴을 새빨갛게 붉히며 열변을 토했다. 진심으로 저 자식들을 질색하는 것 같았다.

아쿠시즈 교도만 제외하고 누구에게나 싹싹한 이 녀석이 이렇게 혐오감을 드러내는 상대인 건가.

"그럼 이야기를 나눠보는 건 무리겠네. 다른 방법을 찾아봐야겠는걸."

"아뇨, 할게요. 맡겨주세요!"

의욕을 잃은 줄 알았던 로리 서큐버스가 주먹을 말아쥐고 눈을 반짝이며 그렇게 말했다.

"어라, 의욕이 넘치잖아. 왜 그래?"

"옛날에 여장한 인큐버스에게 손님을 빼앗긴 적이 있어

요……. 저처럼 귀여운 애가 취향이라고 말했던 손님이 「보이시한 여자애가 아니라, 진짜 남자애?! 그거야말로 나의 진정한 이상형이다!」라고 말했다고요! 믿어져요?! 제정신 아닌 손님이었다니까요! 그 굴욕은 절대로, 절대로, 절대로, 잊을 수 없어요……."

고개를 숙인 로리 서큐버스가 이를 갈며 저주하듯 그렇게 중얼거렸다.

캐묻지 않는 편이 좋았을 이야기네.

하지만 이대로 뒀다간 인상을 쓰며 인큐버스 욕만 끝없이 해댈지도 모른다. 좀 비위를 맞춰주도록 할까.

"그, 그랬구나. 그 녀석도 보는 눈이 없네. 아무리 생각해도 네가 훨씬 매력적인데 말이야. 나라면 주저 없이 너를 지명할 거야."

"에헤헤, 그렇죠~? 진짜 뭘 좀 안다니까요~."

금세 기분이 좋아진 로리 서큐버스가 좋아 죽겠다는 표정으로 괜히 멋쩍은 척했다.

융융도 그렇고 이 녀석도 그렇고, 왜 내 주위에는 이렇게 쉬운 여자들만 있는 걸까. 아, 린은 예외지만…….

"어이쿠, 저 녀석들이 지상으로 내려가서 쉬고 있네. 접촉할 거면 지금이 기회야."

"알았어요. 아, 맞다! 더스트 씨도 같이 가요."

"왜? 인간인 내가 같이 가면 경계하지 않을까?"

"괜찮아요. 제가 잘 둘러댈 테니까, 맡겨만 주세요."

너무 자신감이 넘쳐서 거꾸로 불안하지만, 맡기로 했으니 그냥 믿어볼 수밖에 없다.

저 자식들에게 들키지 않도록 거리를 두고 하강한 후, 페이트포를 인간 형태로 되돌려서 평소처럼 업었다.

그리고 로리 서큐버스의 뒤를 따르듯 인큐버스들에게 다가갔다.

그러자 상대방의 모습이 확연하게 보이기 시작했는데……이 녀석들은 대체 뭐야?

머리카락을 일부러 더부룩하게 만든 헤어스타일에, 귀에는 피어스를 했으며 남자 주제에 화장까지 했다. 아이섀도까지 했잖아.

복장은 검은색 정장 차림이고 넥타이는 매지 않았다. 안에 입은 와이셔츠는 눈에 상냥하지 않은 화려한 색깔에다 앞섶이 확 벌어져 있었다. 남자의 가슴을 봐도 전혀 기쁘지 않다고.

손가락에 낀 여러 개의 반지가 빛을 반사하며 반짝거리는 광경도 짜증났다.

지상에 내려와서 날개를 감추니, 언뜻 보기에는 경박한 남자 같아 보였다.

"저기~, 여러분? 여기서 뭐 하는 거예요?"

로리 서큐버스가 겁 없이 저 수상쩍은 인큐버스 무리에게 말을 건넸다.

"안뇽~. 귀여운 아가씨네. 우리한테 무슨 볼일 있어?"

내 쪽을 힐끔 쳐다봤으면서 깔끔하게 무시했다. 남자 따위는 안중에 없는 건가. 성격 참 끝내주네.

"……으음, 뭐 하는 건지 신경쓰여서요."

"훗, 우리는 그늘에서 쉬고 있을 뿐이야. 귀여운 아기새 양."

그 느끼한 말을 들은 순간, 등을 타고 소름이 흘렀다.

이 녀석들, 손짓과 발짓을 섞지 않으면 말을 못 하는 거냐. 그리고 말할 때마다 긴 머리카락을 쓸데없이 쓸어넘기지 마. 그렇게 거슬리면 잘라버리라고.

"그런가요."

존재 자체가 짜증 그 자체인 녀석들 앞에서 웃음을 잃지 않을 줄이야, 대단한걸, 로리 서큐버스.

"그런데 여러분은 인큐버스 맞죠?"

로리 서큐버스가 미소를 지으며 그렇게 묻자 인큐버스들이 일제히 벌떡 일어섰다.

어이쿠, 표정이 확 달라졌는걸. 진지한 표정도 지을 줄 아나 보네.

나는 로리 서큐버스를 지키기 위해 한 걸음 앞으로 나섰다.

"휘유~, 애 딸린 형씨가 꽤 멋지네~. 우리의 정체를 알면서도 말을 걸다니, 대체 무슨 생각인 걸까~?"

정체를 숨길 생각이 없는 건지, 그들은 일제히 박쥐 날개를 펼쳤다.

"그렇게 경계하지 않아도 돼요. 저는 이런 사람이거든요."

로리 서큐버스는 내 옆에 서면서 그들을 향해 등을 보이더니, 박쥐 날개를 펼쳐서 보여줬다.

"와우~! 동업자였구나. 그럼 그렇다고 말해주지 그랬어."

긴장된 분위기가 순식간에 흩어졌다.

양손의 검지로 우리를 가리키며 「심술궂은 장난꾸러기」라고 지껄이는데, 또 짜증이 치솟았다.

"여러분은 혹시 액셀 마을로 향하고 있는 건가요?"

"그래~. 일 때문에 가는 거야."

"혹시, 액셀 습격을 위한 사전 조사를 하러 가는 건가요?"

"으응~? 어라라~. 마왕군 내부에서도 극비인 임무인데, 그걸 어떻게 알고 있는 걸까~."

말투는 가볍지만 눈매는 날카로웠다.

몇 명은 허리에 찬 단검을 향해 손을 뻗었다.

"그게 말이죠. 실은 저도 액셀 마을에 숨어서 첩보 활동을 하고 있어요."

"흐음~ 하지만 옆에 있는 녀석은 인간이지?"

"예, 맞아요. 마왕군의 협력자인데, 제 일을 돕고 있어요."

그런 설정은 미리 말해두라고. 느닷없이 그런 말이 나오자 나는 어설픈 웃음을 흘렸다.

하지만 그런 억지스러운 설정에 상대방이 납득할 것 같지는 않은데…….

"이 경박한 얼굴 좀 보세요. 딱 봐도 배신자 면상이죠?"

"아, 그렇게 보이네~. 혹시 위장 삼아서 꼬맹이를 업고 있는 거야? 머리 좀 썼는걸."

"돈에 환장하게 생겼잖아~."

"맞아~. 인간이 아니라 쓰레기가 옷을 입고 있는 느낌이야."

이 자식들, 나중에 가만두지 않겠어.

방금 그 말을 별 의심 없이 믿은 저 자식들에게 한마디 해주고 싶지만 지금은 참아야 한다.

"참고로 저는 바닐 님의 부하예요."

"어, 바닐 님이라면 그 바닐 님 맞지? 마왕성에서 너무 장난을 많이 쳐서 마왕님의 골머리를 썩이게 한 분 말이야. 좌천됐다는 이야기는 들었는데…… 이 마을에 계셨구나. 너도 고생이 참 많겠어~."

저 녀석, 한순간 원래 말투로 돌아갔어. 그건 그렇고, 바닐 나리는 마왕성에서도 그런 짓을 했구나.

바닐 나리가 원래 마왕군 간부였다는 건 카즈마가 술자리에서 이야기해줬다. 농담으로 흘려 넘겼는데 사실이었구나.

그러고 보니 지금은 자신만을 위한 전용 던전을 얻기 위해 위즈의 마도구점에서 일하고 있다던가.

"그럼 정보 교환이라도 하지 않겠어요?"

"응, 좋아."

나는 흥미 없는 척하면서 저들의 대화에 귀를 기울였다.

로리 서큐버스는 접객업으로 단련한 대화술을 사용해 상대방을 띄워주면서 정보를 얻어냈고, 그 덕분에 꽤 유익한 정보를 손에 넣었다.

요약하자면 마왕군 중에서도 인간에 가까운 외모를 지녔을 뿐만 아니라 인간을 접할 기회가 많은 인큐버스가 정찰대로 선발된 것이다.

확실히 겉모습만 보면 영락없는 인간이지만 저 독특한 개성을 보면 사람을 잘못 뽑았다는 생각이 들었다.

그건 그렇고, 큰일 났네. 나쁜 쪽으로 예상을 벗어났어.

인큐버스가 말한 마왕군의 병력은 내가 예상한 숫자를 가볍게 넘어섰다.

액셀 마을로 보낼 예정인 병력만으로도 상당한데, 이 녀석들을 미리 보내 상세한 정보를 얻으려고 한 건가. 상대방의 지휘관은 무능하지 않은 것 같다.

안 그래도 위험한데, 경계심을 느낀 적이 병력을 더 늘리면 큰일이다.

저들이 액셀 마을을 조사해서 마왕군에게 우리의 병력이 들통나는 건 피하고 싶다. ……어, 잠깐만 있어 봐. 액셀 마을을 조사한다고 경계심을 느낄까?

대낮부터 술을 퍼마시며 왁자지껄 떠들어대는 모험가.

그런 모험가들 못지 않게 자유분방한 주민.

아쿠아 누님을 필두로 제멋대로 굴며 민폐만 끼쳐대는 아쿠시즈 교도.

……차라리 정찰하게 두는 편이 방심하지 않을까?

"저기~ 제가 액셀 마을을 안내해드릴까요? 그 마을에 대해서라면 훤하거든요. 에헤헤헤헤."

대화가 끝나는 타이밍에 내가 손을 비비며 그렇게 말하자 로리 서큐버스는 화들짝 놀라 나를 쳐다보았다.

"어, 진짜~? 땡큐~. 잘 부탁해~."

인큐버스는 과장스러운 손짓 발짓을 섞으며 경박한 어조로 그렇게 말했다.

아아, 두들겨 패고 싶어.

"저기, 더스트 씨."

로리 서큐버스가 내 옷을 잡아당겼다.

저 녀석들에게서 좀 떨어진 후 내 귀를 잡아당기며 귓속말을 했다.

"무슨 생각이에요?! 적을 도우면 어쩌냐고요!"

"귓가에서 소리치지 마! 그리고 잘 생각해보라고. 저 자식들이 멋대로 정찰하는 것보다, 우리가 적당한 곳으로 유도하는 편이 괜찮을 것 같지 않아?"

"상대방이 방심할 만한 정보만 일부러 넘겨준다는 건가요. ……듣고 보니 괜찮네요. 웬일로 머리 좀 썼는걸요."

"웬일로, 란 말은 빼. 아무튼 다른 서큐버스 누님들한테도 도움을 받는다면 불리한 정보가 새는 걸 막을 수 있을 거야."

"그래요. 알았어요! 동료와 선배들에게 이야기해둘게요."

"부탁해."

이걸로 마왕군이 방심해준다면 좋겠는데 말이야.

7

인큐버스 쪽은 서큐버스들에게 맡긴 후 나는 모험가 길드로 돌아갔다.

먼저 돌아갔던 린 일행을 발견한 나는 같은 자리에 앉았다.

"어, 돌아왔구나. 악마들은 어떻게 됐어?"

"그쪽은 어찌어찌 됐어. 그리고 골치 아픈 이야기를 들었는데……."

나는 서큐버스에 관한 걸 숨기면서 대략적인 내용을 설명했다.

마왕군의 규모가 예상을 넘어선다는 사실을 알려주자 다들 미간을 찌푸렸다.

"어이, 큰일 난 거 아냐?"

키스의 중얼거림에 누구도 답하지 않았다.

다들 같은 생각을 하는 것이리라.

"레벨이 30 이상인 모험가가 여럿 있다고는 해도, 전력 면에서 열세인 건 틀림없군. 솔직히 말해 위험한 상황이야."

"나도 테일러와 같은 의견이야. 모험가들만으로는 무리 아냐?"

테일러와 린도 인상을 썼다.

"하지만 이 마을에는 모험가 말고는 이렇다 할 전력이 없다고. 위병과 경찰관이 있긴 하지만, 그 녀석들은 약해빠진 데다 숫자도 적어. 모험가에게 필적할 전력…… 실력자가 필요한데……."

"바닐 씨와 위즈 씨가 도와준다면 든든할 텐데……."

그걸 확인하려고 마도구점에 가봤지만 둘 다 없었다.

우리와 적대하지는 않겠지만 대놓고 도와줄지는 의문이다. 위즈라면 그럴지도 모르지만 바닐 나리는 전직 간부니까 말이다.

"글쎄. 그렇게 되면 좋겠지만, 나리의 생각은 알 수가 없거든."

아직도 바닐 나리가 무슨 생각을 하는지 알 수 없다.

싫어하는 짓을 당한 인간의 악감정을 좋아한다는 것만 안다.

"그렇다면 우리가 강해질 수밖에 없는데, 레벨업에는 한도가 있어. 카즈마처럼 최약체 직업인 모험가라면 레벨업도 금방 되겠지만, 우리는 이제부터 노력해봤자 레벨을 1 올리는 것도 어려울 거라고."

"더스트의 말이 맞아. 몰라볼 정도로 급성장을 하는 건 어렵겠지."

테일러는 그렇게 말했고 다들 팔짱을 끼며 낮은 신음을 흘렸다.

레벨을 올려서 강해질 수 있다면 좋겠지만 충분한 수준까지 레벨을 올리는 건 무리다.

고민하는 것 말고는 뾰족한 방법이 없는 상황에서, 린이 고개를 들어 나를 쳐다보았다.

"하지만, 우리는 무리라도 더스트라면 가능하지 않아? 드래곤 나이트로서의 실력을 되찾으면 승산이 있을지도 몰라."

그 말을 들은 테일러와 키스가 숨을 삼키고 나를 응시했다.

"그래. 더스트를 단련시키는 게 승리의 지름길이겠군."

"더스트에게 전부 맡기는 건 열 받지만, 방법은 그것뿐일 것 같아."

평소 같으면 귀찮다며 거부할 상황이지만 이번만은 어쩔 수 없다. 전성기 시절에 준하는 실력을 되찾는다면 승산이 있을지도 모른다.

"좋아. 이 몸한테 맡기라고! 그 어떤 수행이든 견뎌주겠어."

동료들의 용기를 북돋기 위해 허세를 부려볼까.

"그럼 어떤 단련이 좋을까? 목숨이 오락가락하는 힘든 수행은 어때?"

"어이, 린."

왜 아무렇지 않게 그런 흉흉한 소리를 늘어놓냐고.

"아~ 좀 위험한 던전에 집어넣는 건 어떨까? 창을 들고 가면 죽지는 않을 거야. 응, 좋은 아이디어네."

"어이, 키스."

이 녀석들, 남 일이라고 입에서 나오는 대로 지껄이기는……

"뭐, 기다려봐. 좀 진지하게 생각해보자. 옛날 실력을 되찾을 거라면, 창을 들고 많이 싸워보는 게 가장 좋겠지. 하지만 상대가 약하면 훈련이 안 될 거야."

오~, 역시 테일러다. 유일하게 제대로 고민을 하고 있다.

"어느 정도 강하고, 숫자도 많으며, 더스트가 필사적으로 싸울 만한 적. 그런 적당한 상대가 있으면 좋겠는데……"

"그런 조건에 딱 들어맞는 적이 있긴 해? 하지만, 더스트가 의욕을 낼 만한 상대라면 뻔하잖아. 인간형에 미인, 그리고 몸매도 좋으면 딱이지?"

"오, 잘 아는걸."

나는 그 말에 전적으로 동의한다는 듯이 고개를 끄덕였고 린이 나를 노려보았다.

"암컷 몬스터에, 숫자도 많은…… 아~ 생각났어."

키스는 손뼉을 치고 테일러와 린에게 귓속말을 했다.

두 사람은 키스의 말을 듣더니 환한 표정을 짓고 몇 번이나 고개를 끄덕였다.

"잘했어, 키스. 정말 좋은 아이디어야!"

"응, 조건에 딱 들어맞네!"

"어이, 너희끼리 납득하지 말고 가르쳐줘. 궁금하단 말이야."

"현지에 가면 알려줄 테니까, 기대하고 있어."

세 사람이 히죽거리며 수상쩍은 미소를 흘리는 게 신경 쓰여서 물어봤지만, 절대 가르쳐주지 않았다.

이 녀석들의 태도를 보니 내 직감이 위험하다며 경보를 울렸다.

나는 아무 말 없이 의자를 뺐다.

"맞다, 급한 볼일이 있었지. 그럼 가볼게."

나는 재빨리 자리에서 일어나려 했지만 키스와 테일러가 내 어깨를 움켜잡았다.

"어디를 가려는 거지? 그 어떤 수행이든 견뎌내겠다고 했잖아?"

"안심하라고. 네가 좋아하는 암컷 몬스터가 상대야. 게다가 가슴도 큼지막해."

"더스트, 기쁘지?"

"하나도 안 기쁘거든?! 그 묘하게 상냥한 말투 좀 집어치워! 페이트포, 밥 그만 먹고 나 좀 구해줘!"

나는 우리가 이야기를 나누는 동안 묵묵히 밥만 먹어대고 있던 파트너에게 도움을 청했다.

페이트포는 우리 쪽을 힐끔 쳐다보고 자리에서 일어나려 했으나, 린이 자신의 디저트 접시를 내밀자 아무 말 없이 다시 자리에 앉았다.

"식욕에 진 거냐! 어, 어이. 왜 밧줄을 들고 다가오는 거야, 평화롭게 대화로 해결하자고. 어, 어때?"

내 말에 전혀 귀를 기울이지 않는 동료들에게 꽁꽁 묶인 나는, 그대로 목적지까지 수송됐다.

이리저리 흔들리며 아래편을 쳐다봤는데 초원이 눈에 들어왔다.

마차와는 비교도 안 되는 속도로 활공하고 있어서 이제 액셀 마을은 보이지도 않았다.

리오노르 공주도 드래곤에 대롱대롱 매달렸을 때, 이런 경치를 봤을까.

"저기, 슬슬 풀어주시면 안 될까요?"

"안 돼. 풀어주면 도망칠 거잖아."

"대체 어디로 도망치냐고!"

나는 현재, 밧줄에 묶인 채 하늘을 날고 있었다.

정확하게는 꽁꽁 묶인 상태에서 페이트포의 목에 매인 밧줄에 묶인 채 하늘을 날고 있었다.

페이트포의 등에는 린만 타고 있었다.

테일러와 키스까지 태우면 정원 오버라서 린만 타기로 했는데, 그 두 사람은 부러운 눈길로 화이트 드래곤을 지그시 쳐다보았다.

……그 녀석들도 타고 싶었던 것 같다.

"으음, 바람이 참 기분 좋네."

자포자기한 나는 이 상황을 만끽할 생각으로 현실도피를 해봤지만 현실은 달라지지 않았다.

"어라, 이 풍경은 왠지 눈에 익어."

"그럴 거야. 가본 적이 있는 장소거든."

으음, 가본 적이 있는 장소?

액셀 마을에서 일직선으로 날아가고 있는 이 방향……. 아~ 왠지 불길한 느낌이 드네.

"생각 안 나는 거야? 이대로 곧장 가면 아르칸레티아야."

"푸앗! 어, 어이. 제정신이냐?! 아쿠시즈 교도의 총본산에 뭐 하러 가는 거냐고!"

그 마을에서는 호되게 당한 기억밖에 없다.

무지막지한 종교 권유, 그리고 바닐 나리가 벌인 소동……. 정신 나간 녀석밖에 없는 그런 곳에는 두 번 다시 안 갈 거라고!

"그냥 확 떨어뜨려! 그런 곳에 갈 바에야 차라리 죽는 편이 나아!"

이 높이에서 떨어진다면 무사하지 못하겠지만 그 마을에 가는 것보다는 낫다.

그렇게 생각하며 날뛰고 있을 때 내 몸이 갑자기 지면을 향해 떨어지기 시작했다.

"우오오오오오오오?!"

"정 떨어지고 싶다면, 원하는 대로 해줄게."

페이트포가 급강하한 뒤 지면에 닿을락 말락하는 위치로 내려간 후에 밧줄이 끊어져서 나는 그대로 지면에 떨어졌다.

"아프잖아! 뭐 하는 거야?!"

"원하는 대로 해줬을 뿐이잖아? 자, 창도 줄게. 그럼 힘내~."

린이 던진 창이 내 근처의 지면에 꽂혔다. 위험한 짓 좀 하지 말라고!

린은 페이트포에 탄 채로 느긋하게 손을 흔들었다.

"기다려! 이런 곳에 내려놓으면 어떻게 하냐고! 아르칸레티아가 어느 방향에 있는지는 알려줘야 할 거 아냐!"

"그건 신경 안 써도 돼. 여기가 목적지거든. 그리고 아르칸레티아는 이미 지났어. 더스트, 잘 들어. 이곳은 어떤 몬스터의 서식지야. 네가 해야 할 일은 단 하나, 죽을힘을 다해 살아남는 거야. 그럼 잘해 봐."

린이 그렇게 말한 뒤 페이트포는 하늘로 날아올랐다.

목적이 뭔지는 모르겠지만 아르칸레티아에 끌려가는 것보다는 낫다.

어떤 몬스터가 있는지는 몰라도 얼마든지 상대해주겠어.

창을 쥐고 주위를 둘러보고 있을 때 먼 곳에서 일어난 흙먼지가 눈에 들어왔다. 그 흙먼지는 서서히 나에게 다가오고 있었다.

"저게 뭐지? 리저드 러너 무리인가?"

흙먼지가 일어난 방향을 주시하자 상대의 모습이 선명하

게 보였다.

상대의 정체를 눈치챈 순간, 내 등이 땀으로 범벅이 됐다.

"다들 저기 좀 봐! 어머나, 멋진 금발 남성이 있어어어어!"

"약간 세상의 때가 묻어서 와일드한 느낌이 드는 게, 완전 내 취향이네에에에에!"

"성욕도 셀 것 같아! 정말 끝내줘어어어어!"

고함을 지르며 나를 향해 돌진하고 있는 건— 암컷 오크 무리였다.

"맙, 소사⋯⋯."

오크는 암컷의 성욕이 너무 강한 나머지, 수컷이 정기가 빨려 멸종되고만 종족이다.

그리고 최악인 건, 오크가 성욕을 느끼는 대상은 동족만이 아니라⋯⋯ 인간도 포함된다는 점이다.

외모는 인간에 가까운 편이지만 수염이 덥수룩하게 난 돼지 얼굴에 살까지 뒤룩뒤룩 쪘다. 인간은 단호히 거절하고 싶어지는 상대다.

그런 녀석들이 침을 질질 흘리며 무리 지어서 나를 향해 몰려오고 있다.

현실도피를 하고 싶게 만드는 악몽 같은 광경이었다.

"장난치지 마! 어이, 농담하지 말라고! 린, 용서해줄 테니까, 빨리 내려와!"

"더스트라면 해낼 수 있을 거라고 믿어. ⋯⋯지켜낼 거지?"

거짓 눈물을 흘리면서 그런 소리 늘어놓지 말라고!

"대체 뭘 지켜내라는 건데? 주어를 확실히 하라고! 액셀 마을이야, 아니면 내 거시기야?!"

나는 린을 향해 고함을 질렀지만 그녀는 손을 흔들며 멀어져 갔다.

"진짜로 버리고 가는 거냐……. 나중에 두고 보자. 홀랑 벗겨서 빈약한 가슴을 마구 주물러 주겠어!"

내가 창을 휘두르며 화를 낸 바로 그때, 창날 부분이 지면에 툭 떨어졌다.

말도…… 안 돼? 날이 없으면 이건 그냥 길쭉한 봉이거든?

잡화점 아저씨가 손질을 제대로 안 한 거냐!

"어머나~ 길쭉한 봉을 들고 뭘 하려는 거야. 정말 싫다니깐~."

"그렇게 가슴을 주무르고 싶으면, 얼마든지 주물러도 돼~."

그런 목소리가 들려서 주위를 둘러보니 오크들이 나를 포위하듯 반원을 그리며 서 있었다.

다들 얼굴이 새빨갛고 거친 콧김을 뿜고 있었다. 직접 가슴을 주무르며 글래머 어필을 하지 말라고!

욕망으로 번들거리는 그들의 눈은 사냥감을 노리는 사냥꾼을 연상케 했다.

"어, 어이. 인간과 오크는 함께 할 수 없는 관계라고 생각하지 않아?"

"괜찮아. 우리는 이종족을 차별하지 않으니 안심해! 가만히 하늘을 쳐다보고 있으면 우리가 알아서 할게!"

그런 소리를 듣고 안심할 수 있을 것 같냐!

도망치고 싶지만 어느새 완전히 포위당하고 말았다. 전부 몇 마리나 되는 거야?!

"네가 사타구니에 숨겨둔 무기는 그 봉처럼 어엿하겠지? 하악, 하악, 하악."

"에이, 녹슨 나이프처럼 보잘것없다고! 너희의 기대에 부응하지 못할 거야!"

"나는 무기로 상대방을 차별하지 않아. 녹슨 나이프라도, 내 입으로 잘 갈아서 단단한 그레이트 소드를 만, 들, 어, 줄, 게."

"제발 그러지 마아아아아아앗!"

이런 녀석들에게 잡히면 어떻게 될지, 상상조차 하기 싫다.

오크가 인간과 별반 다르지 않은 외모를 지녔다면 기쁜 마음으로 상대해주겠지만, 아무리 봐도 상대는 두 발로 걸어다니는 돼지다.

"일전에는 귀엽게 생긴 남자 모험가를 놓쳤지만, 이번에는 절대 놓치지 않겠어."

"그 애의 첫 상대가 될 수 있었는데!"

누구인지 모르겠지만 오크한테서 벗어난 녀석이 있는 거냐. 그렇다면 나도 할 수 있어!

"이 자식들아, 꼼짝도 하지 마. 한 발짝이라도 다가오면……."

나는 창날 부분이 없는 창을 휘두르며 경계했다.

"싫어. 이런저런 짓을 하려면 다가가야 할 거 아냐."

"나, 아픈 건 싫어하지 않아. 네가 먼저 나를 때리고, 다음에는 내가 네 위에 올라타서 피스톤 운동 좀 해도 되지?"

"절대 안 돼!"

무리다. 설득할 수 없는 상대다.

잡혔다간 죽을 때까지 쥐어짜일 거라고!

이 기다란 봉으로 두들겨 패는 수밖에 없는 거냐. 빌어먹을!

"더는 못 참겠어어어어! 엉망진창으로 만들어줄게!"

"상반신은 양보하겠지만, 하반신은 내가 먼저 맛볼 거야!"

더는 못 참겠다는 듯 오크 무리가 나에게 몰려왔다.

"우오오오오! 반드시 순결을 지키고 돌아가겠어! 이 일이 끝나면 서큐버스 가게에 가서 최고의 꿈을 보여달라고 할 거야아아아앗!"

각오를 다진 나는 울상을 지은 채, 고함을 지르며 돌격했다.

상반신은 알몸에 하반신은 속옷 한 장. 머리카락이 엉망으로 헝클어졌다. 나는 손에 쥔 창을 지팡이 삼으며 어찌어찌 서 있었다.

그런 나는 크게 숨을 들이마신 뒤 하늘을 노려보았다.

"하아, 하아, 하아. 완전히 따돌렸다고오오오!"

환희에 찬 고함이 평원에 울려 퍼졌다.

몇 마리를 해치우고 포위망에서 벗어난 나는 숲에 뛰어들자마자 숨을 죽이며 은신한 채로 각개 격파를 시도했으나, 경이적인 회복력을 지닌 오크는 아무리 해치워도 금방 부활했다.

그래서 숫자가 전혀 줄지 않았다.

아무리 해치워도 다시 부활해서 몇 번이고 덤벼든다고 하는, 끝나지 않는 악몽이 펼쳐졌다.

하루 종일 죽을힘을 다해 싸운 끝에, 오크의 포위망에서 어찌어찌 벗어나는 데는 성공했다.

"인간, 마음만 먹으면 뭐든 할 수 있네……."

안도감과 해방감이 밀려오자 눈물이 났다.

나는 크게 심호흡을 하며 마음을 진정시켰다.

"날 부분이 떨어지기는 했지만, 좋은 무기인 건 틀림없어."

봉 부분만 남은 이 창은 용케 버텨줬다. 그렇게 휘두르고 찔러댔는데도 부서지지 않은 것이다.

온종일 손에 쥐고 있었던 창을 가볍게 휘둘러봤다.

바람을 가르는 소리가 예전과 명백하게 달랐다. 지금은 창이 손에 완벽하게 익었다.

오크를 처리하는 속도도 시간이 지날수록 빨라졌고 동작도 매끄러워졌다.

"이것도 그 녀석들 덕분일까."

그 녀석들이 나를 역경에 빠뜨려준 덕분에 예전 실력을 되찾을 수 있었다.

오크에게 잡혀서 옷이 찢어진 것도—.

오크가 내 상반신을 혀로 핥은 것도—.

합체 직전의 상황에 부닥쳤던 것도—.

그 모든 것을 영양분 삼아서 나는 강해진 것이다. 역경에 빠뜨려준 동료들에게 감사…….

"할 것 같냐아아아아아아아아아앗!"

궁지에 몰렸을 때 느낀 절망과 공포를 떠올리기만 해도 몸이 떨렸고 온몸의 털이 곤두섰다.

"용서 못 해. 절대 용서 못 한다고오오오오!!"

동료들에게 복수하기로 맹세했을 때 먼 하늘에 새하얀 점이 나타났다.

페이트포가 마중을 온 걸까. 식욕에 져서 나를 버렸던 페이트포도 원망스럽지만, 그 녀석은 상황을 이해하지 못했던 것 같으니 봐주자고 생각했다.

하지만 그 녀석들은 용서 못 한다. 절대 용서 못 한다고! 액셀 마을에 돌아가면 따끔한 맛을 보여주겠어.

"아까는 미안했다, 더스트. 이건 사과의 의미로 우리가 주는 거니 받아줘."

길드에 들어온 나를 발견한 테일러는 내가 무슨 말을 하기도 전에 먼저 입을 열었다.

"사과한다고 넘어갈 문제가…… 아니…… 무슨 속셈이야?"

테이블에 놓인 자루 안을 힐끔 쳐다보니 상당한 양의 돈이 들어있었다.

"네가 전부 가져. 그 돈으로 여자와 놀아나든, 도박을 하든, 마음껏 즐겨."

"오늘은 눈감아 줄게."

"뭐, 어?"

동료들의 상냥한 태도에 당황한 나머지, 분노가 잦아들었다.

이 정도 돈이면 빚을 전부 갚고도 며칠은 즐겁게 지낼 수 있다.

"페이트포도 우리가 돌볼 테니까, 자유롭게 놀다 와."

서비스가 너무 끝내주는걸.

"너희의 태도를 봐서 아까 일은 용서해주겠어. 좋아~ 그럼 예쁜 누님들에게 둘러싸여서……, 둘러싸여서…… 어."

나는 갑자기 소름이 돋아서 무심코 온몸을 부르르 떨었다.

왜 오크의 얼굴이 생각나는 거지?! 나는 이제부터 예쁜 누님들과 즐겁게…….

"어머, 더스트 씨. 돌아왔군요."

등 너머에서 들려온 목소리에 뒤를 돌아보니 멋진 가슴을 흔들며 다가오는 길드 직원 루나의 모습이—.

"히이이익!"

"어, 왜 그러시죠?!"

풍만한 가슴을 본 순간, 나는 무심코 비명을 질렀다.

"아, 아니, 그게 말이야. 미안한데, 다가오지 마."

"뭐, 뭐라고요?"

루나는 납득이 안 된다는 표정으로 돌아갔다.

나, 나는 대체 어떻게 된 걸까. 저 가슴을 보니 심장이 격렬하게 뛰어.

"안색이 나쁘네. 왜 그래?"

"괘, 괜찮아."

린의 얼굴을 보니 마음이 진정됐다.

바, 방금 그건 뭘까.

나는 마음을 진정시키기 위해 심호흡을 하면서 길드 안을 둘러보았다.

"어어?"

웨이트리스와 여자 길드 직원을 보자 또 심장이 뛰면서 식은땀이 흘러내렸다.

"내 몸이 대체 어떻게 된 거야?"

가슴을 억누르며 린의 얼굴을 쳐다보니 심장이 또 진정됐다.

설마……. 어떤 생각이 머릿속을 스친 나는 바로 시도해 봤다.

가슴이 큰 웨이트리스를 쳐다봤다. 심장이 뛰면서 호흡이 거칠어졌다.

린을 쳐다봤다. 진정됐다.

역시, 그렇게 된 건가.

"왜 아까부터 나를 힐끔힐끔 쳐다보는 거야?"

린은 볼을 붉히면서 화난 어조로 그렇게 말했다.

"실은 말이지. 오크한테 쫓겨 다닌 바람에, 큰 가슴을 보면 오크가 생각나서 기분이 나빠지나 봐. 그리고 린을 보면 마음이 진정……."

덜컹하는 소리가 들리더니 린이 아무 말 없이 자리에서 일어났다.

키스는 술을 들고 뒷걸음질쳤고 테일러는 페이트포를 안아 들며 테이블에서 벗어났다.

나는 그제야 실언을 했다는 걸 눈치챘다.

"흐음, 큰 가슴을 보면 오크가 생각나지만, 나를 보면 진정되는구나."

"그, 그런 의미가 아니라고!"

"그럼 어떤 의미인데? 후훗, 우후후후훗."

지팡이를 쥐고 다가오지 마!

납작한 가슴도 두려워지면 어쩌려고 그래!

"하아~ 네 옆에 있으니 진정돼."
"갑자기 무슨 소리를 하는 거예요? 아하~ 드디어 저의 매력을 깨달았나 보군요."
기분이 상한 린한테서 허겁지겁 도망치던 나는 서큐버스 가게 앞에 도착했다.
빗자루를 들고 청소를 하는 로리 서큐버스가 그곳에 있어서 나는 옆에 퍼질러 앉아 멍하니 그 모습을 쳐다보았다.
"응. 그럴지도 몰라."
"지, 진짜로 왜 그래요? 뜨거운 시선을 받으면 몸이 달아오른단 말이에요."
로리 서큐버스는 볼에 손을 댄 채 몸을 배배 꼬았다.
나올 곳이 전혀 나오지 않아서 여성스러움이 전혀 느껴지지 않는 몸매는 오크를 연상시키지 않아서 좋다.
곁에 있어도 공포를 느끼지 않아서 정말 다행이다.
"그러고 보니, 인큐버스들은 어떻게 됐어?"
"순조로워요. 동료와 선배가 그들에게 마을을 안내해주고 있어요. 마을을 둘러보고 방심한 것 같아요."
"우리 병력이 변변찮다고 여겨준다면 좋겠는데……."
"아, 그러고 보니 카즈마 씨가 돌아온 것 같아요. 가게에 돌아온 바닐 님이 그렇게 말씀하셨어요."

어, 수행을 떠난 카즈마가 돌아왔구나. 나리와 위즈를 데리고 던전에 틀어박혔다고 들었는데, 얼마나 강해졌을까.

지금쯤이면 모험가 길드에서 난리를 피우고 있을 테니, 카즈마한테 술을 얻어먹으며 모험담을 들어볼까.

"그럼 길드에 돌아가서 카즈마의 이야기나 들어봐야겠네."

"잠깐만요. 저도 갈래요. 바닐 님의 활약상을 알고 싶거든요."

"그런 건 나리에게 직접 들으면 되잖아."

괜히 카즈마한테 그런 걸 들을 필요는 없을 텐데 말이야.

"그게, 「매우 중요한 거래를 준비 중이라, 네 녀석을 신경 쓸 짬이 없다」면서 쫓아내셨어요. 하지만 그런 퉁명한 태도도 멋지다니까요~."

이 녀석 눈에는 바닐 나리에 관한 건 뭐든 긍정적으로 보이는 것 같군.

"중요한 거래를 준비 중이구나. 뭔가 큰 건수라도 들어온 걸까? 나도 끼고 싶지만, 그쪽은 미뤄야겠네. 아무튼 따라올 거면 알아서 해."

"네~ 알아서 할게요~."

로리 서큐버스를 데리고 길드에 간 나는 동료들을 찾아봤다.

린이 나를 노려봤지만 기분이 조금은 풀린 것 같았다.

"나 왔어. 카즈마가 돌아왔다면서?"

나는 린과 시선을 마주치지 않고 테일러에게 물었다.

"카즈마라면, 아까까지 던전에서 했던 수행을 과대포장해서 늘어놓고 돌아갔어."

"엇갈렸나 보네. 술안주 삼아 그 녀석의 자랑을 들어줄까 했는데."

"그거 아쉽게 됐네. 그리고 보니 카즈마가 내일 여행을 떠날 거라면서, 그 전에 우리한테 스킬을 가르쳐달라는 부탁을 했어. 가능한 한 많은 스킬이 필요한 건지, 길드 안에 있던 모든 모험가에게 부탁하더라고~."

키스는 술을 마시며 이상한 소리를 입에 담았다.

"스킬을 익혀? 포인트는 어쩌고? 그 정도로 레벨이 오른 거야?"

"바닐 씨와 위즈 씨가 레벨링을 도와준 덕분에 엄청나게 올랐다고 말했어."

린이 아직 언짢은 어조로 그렇게 말했다.

"모험가는 레벨이 꽤 잘 오른다는 이야기를 들은 적 있지. 그리고 재능이 없을수록 레벨업이 쉽다잖아?"

나는 테일러의 말을 듣고 바로 납득했다.

카즈마는 빈말로도 재능이 있다고 말할 수 없는 실력이다. 행운과 위기 상황에서의 날카로운 잔머리만큼은 대단하지만 말이다. 그러나 신체 능력은…… 모험가에 적성이 없는 수준이지.

그래서 레벨이 쉽게 오르는 건가?

"하지만, 아무리 강해졌어도 괜찮을까?"

린이 걱정하는 것도 무리는 아니다.

"아쿠아 누님을 쫓아간다는 건, 마왕성으로 향한다는 거지? 자칫하면 같이 마왕성에 쳐들어가게 되는 거 아냐?"

농담 투로 그렇게 말했지만 카즈마의 트러블 체질을 생각하면…… 웃어넘길 수가 없네.

카즈마는 지금까지 몇 번이나 마왕군 간부를 격퇴했다. 그 악운과 실적을 생각하면 진짜로 마왕과 싸우게 되더라도 이상할 게 없다.

"뭐, 그럼 도와주도록 할까. 스킬 같은 거라면 얼마든지 가르쳐주자고."

"그래. 게다가 초보자의 마을 액셀 출신의 모험가가 마왕을 토벌한다면, 전대미문의 쾌거겠군."

"용사를 배출한 마을, 같은 식으로 관광지가 될지도 모르겠네!"

"테일러, 키스. 헛물 좀 켜지 마. 하지만, 만약 그렇게 된다면 기분이 끝내줄 것 같아."

만약, 만에 하나, 카즈마가 마왕을 쓰러뜨린다면 용사라고 불리려나.

"절친으로서 전면적으로 협력해주도록 할까. 카즈마가 마왕을 해치운다면, 나도 용사의 절친으로 추앙될지도 모르잖아! 친구 덕에 득 좀 보자고!"

""""그럴 일 없어.""""

"네가 용사의 절친이라 말해봤자 아무도 안 믿을걸?"

"카즈마는 「그런 녀석 몰라요. 생판 남이에요」라고 말하겠지."

"진짜로 그럴 것 같아!"

동료들뿐만 아니라 우리 이야기를 들은 다른 녀석들도 편승해서 떠들기 시작했다.

내 악담을 늘어놓으면서 즐거워하지 말라고.

"흥. 카즈마는 그렇게 매정한 녀석이 아니야!"

"하지만, 전에 더스트가 성희롱으로 잡혀갔을 때, 카즈마에게 도움을 청했더니 「모르는 사람이에요」라고 말했잖아."

"그러고 보니 재판 때도 모르는 척했었지?"

듣고 보니 짚이는 구석이…….

"아, 아냐, 부끄러워서 그런 것뿐이야! 남자들의 우정에는 그런 면도 있다고."

""""없어.""""

"방금 부정한 녀석은 튀어나와! 내 분노의 철권을 맛보여주마!!"

정신을 차려보니 아침이었다.

길드 바닥에서 그대로 잠든 바람에 굳어버린 몸을 쫙 폈다.

대난투 후의 일은 생각나지 않지만 그대로 잠들어버린 걸까.

"언제까지 퍼질러 잘 거야? 다들 대기소로 향했어."

린이 나를 내려다보며 그렇게 말했다.

치마를 입었다면 끝내주는 각도겠지만 반바지라서 눈요깃거리가 되지 않았다.

"대기소? 그게 무슨 소리야?"

"너는 정말……. 카즈마 일행이 승합 마차로 출발한다잖아? 그 전에 스킬을 가르쳐주자며?"

"아~ 맞다. 그러기로 했었지."

나는 힘차게 몸을 일으킨 후 근처 벽에 기대 세워둔 검을 손에 쥐었다.

리오노르 공주에게 받은 검을 지그시 응시했다. 언뜻 보면 평범한 검이지만 이것은 유서 깊은 마법검이다.

리오노르 공주의 말이 사실이라면 이 검에는 엄청난 가치가 있다.

그것을 알면서, 나는 이 검을…….

"저기, 뭐 하는 거야? 빨리 안 가면 카즈마가 떠나버릴 거야."

"알았다고. 빨리 가자."

검을 허리에 찬 나는 먼저 길드를 나선 린의 뒤를 쫓았다.

승합마차의 대기소에는 수많은 모험가가 모여 있었다. 카즈마와 다크니스, 메구밍의 모습도 보였다.

그뿐만 아니라 바닐 나리, 그리고 커다란 새 인형탈도 있었다.

이야기가 얼추 끝난 것 같았기에 나는 모험가를 대표해 한 걸음 앞으로 나서면서 검을 치켜들었다.

"—좋아. 카즈마, 스킬을 익힐 준비는 됐어?"

나는 이 자리에 있는 녀석들과 함께, 카즈마에게 스킬을 가르쳐줄 생각이다.

"마왕 자식과 한판 뜨러 가는 거잖아. 다 같이 자근자근 밟…… 아니, 작별 선물 삼아 단련을 시켜주겠어."

"방금 자근자근 밟아준다고 말하지 않았어? 그리고 마왕과 한판 뜰 생각은 추호도 없어! 나는 어디까지나 아쿠아를 데려오려는 것뿐이라고!"

카즈마는 필사적으로 부정했지만 메구밍과 다크니스가 옆에서 쓴웃음을 짓고 있었다. 저 두 사람은 마왕과 한판 벌일 생각인 것 같네.

그래도 카즈마가 아쿠아 누님의 뒤를 쫓는 위험한 여행을 스스로의 의지로 떠난다는 것은 좀 의외였다. 다른 녀석들도 마찬가지인지—.

"어이, 카즈마. 그냥 여행은 관두는 게 좋지 않겠어?"

말리는 목소리도 곳곳에서 들려왔다.

"걱정해줘서 고맙지만, 나는 현재 액셀 마을에서 손꼽히는 실력자야. 아쿠아와 마왕은 나한테 맡겨. 너희는 내 저택이 있는 이 마을이나 지키라고."

카즈마가 허세를 부리면서 큰소리를 치자 나를 비롯한 다른 모험가들의 표정이 굳었다.

그 뒤를 이어 매도와 독설의 폭풍이 불었다.

우리에게 바닐 나리와 위즈에게 도움을 받은 비겁자, 돈으로 뭐든 해결하려 드는 쓰레기 같은 비난을 들은 카즈마가 발끈하며 이렇게 대꾸했다.

"마왕 전에 너희 상대로 몸 좀 풀어볼까! 그러니까 내가 익히지 못한 스킬을 내놔! 이 몸이 바로 카즈마다! 덤빌 테면 덤벼봐아아아아아아아!"

수습이 안 되는 상황에서 카즈마가 그런 소리를 늘어놨고 다들 인내심이 바닥나버렸다.

우리는 무기를 들어 서로를 쳐다본 후— 일제히 카즈마에게 달려들었다.

"······이, 이게 무슨 일이죠?!"

승합 마차 대기소에서 위즈의 비명에 가까운 고함이 울려 퍼졌다.

그 목소리가 들린 방향을 향해 어찌어찌 고개를 돌려보니 위즈가 커다란 짐을 든 채 허둥대고 있었다. 카즈마에게 건네줄 물건을 준비하느라 늦게 온 것 같았다.

뭐, 평범한 사람이 이 광경을 보면 놀라겠지.

무수한 모험가들이 지면에 쓰러져 있었다.

카즈마와의 격전 끝에 전원이 양패구상을 하듯 쓰러졌다.

물론, 카즈마도 쓰러졌다.

최약체 직업인 모험가라 좀 얕봤지만 그래도 이렇게 잘 싸울 줄은 몰랐다.

교활한 수단을 써댔다고는 해도 카즈마의 성장에는 놀랐다. 설마 혼자서 모든 모험가를 농락할 줄이야.

하지만 착각은 하지 말아줬으면 한다.

카즈마 한 명에게 우리 전원이 당한 건 아니다.

몇 명을 상대한 카즈마가 울상을 짓는 것을 보고 좀 봐준 것이다. 그 점은 명확하게 짚고 넘어가겠어!

하지만 이걸로 카즈마는 각양각색의 스킬을 습득했겠지.

지금 실력에 재빠른 판단력과 잔머리가 가미된다면 마왕을 상대하게 되더라도 어쩌면 해볼 만하지 않을까?

"더스트 씨, 낮잠 자세요?"

"진짜로 그렇게 보인다면, 그 눈알을 파내서 버려."

내 얼굴 옆에서 몸을 웅크린 로리 서큐버스가 나를 쳐다보며 그렇게 말했다. 내가 꼼짝도 못 한다고 볼을 손가락으로 찌르지 말라고.

"뭐 하러 온 거야. 너도 카즈마 일행을 배웅하러 왔어?"

"그것도 있지만, 제가 볼일이 있는 건 더스트 씨예요. 우연히 마주친 잡화점 주인아저씨가, 이걸 건네주라며 저한테 맡겼거든요."

로리 서큐버스가 그렇게 말하면서 내 앞에 둔 것은 바로 창 한 자루였다.

창날이 쏙 빠져버린 걸 가지고 한마디 하러 갔더니 그 아저씨가 내일까지 수리해주겠다며 투덜거렸다. 아무래도 진짜로 고쳐준 것 같다.

"아르칸레티아 행 마차가 곧 출발합니다. 타실 분은 서두르세요~!"

마부가 그렇게 말했고 카즈마 일행이 마차에 탔다.

부활한 우리는 그들을 배웅하기 위해 마차 옆에 나란히 섰다.

"그럼 그 바보를 데리고 돌아올게."

카즈마가 그렇게 말하자 모험가들이 격려의 말을 건넸다.

그는 딱히 부담을 느끼고 있는 것 같지 않았고 평소와 다름없이 동료들과 느긋하게 대화를 나누고 있었다.

이대로 보내려니…… 마음에 걸렸다. 카즈마의 무기 때문이다.

카즈마가 허리에 찬 검은 꽤 잘 만든 무기지만 그래도 평범한 무기였다. 마왕과 싸우기에는 어울리지 않았다.

나는 크게 한숨을 내쉰 후 내 몸을 쳐다보았다.

조국을 떠난 후로 쭉 내 허리에 꽂혀 있던 소중한 검이 눈에 들어왔다.

이 검에는…… 누구에게도 밝히지 않았던 숨겨진 능력이 있다.

소유자가 치명상을 입을 정도의 마법에 맞았을 때, 그 어떤 마법이라도 딱 한 번 무효화를 시켜주는 능력이었던가.

리오노르 공주가 추방을 당한 나를 걱정해서 준 귀중한 마법검이다.

평생 간직하며 앞으로도 쭉 무기로 쓸 생각이었다.

하지만 이것은 나를 지켜주는 부적임과 동시에 내 마음을 이웃 나라…… 리오노르 공주에게 옭아매는 족쇄이기도 했다.

이것이 존재하는 한 나는 기사였던 과거를 잊지 못한다.

"어이, 카즈마! 그 검은 이 마을에서 만든 평범한 검이지? 혹시 모르니 이걸 가지고 가!"

내 검을 허리춤에서 뽑아서 카즈마를 향해 던졌다.

"그건 마법이 걸려 있는 뛰어난 무기야. 특정 직업만 장비할 수 있는 전설급 무기도 아니니까, 카즈마도 쓸 수 있을 걸? 마왕을 쓰러뜨린 후에는 돌려달라고!"

내가 그렇게 말하며 히죽 웃자 카즈마는 깜짝 놀란 표정을 지었다.

이제 와서 내 사내다움을 눈치챈 건가.

옆에 있던 린이 내 행동을 보고 한순간 눈을 치켜떴지만 곧 고개를 가볍게 끄덕이며 놀리는 듯한 미소를 지었다.

"아하~. 만약 카즈마가 저 검으로 마왕을 해치우면, 저 무기에는 엄청난 가치가 생기잖아~. 용사가 사용한 무기, 같은 느낌으로 말이야. 카즈마~, 그건 던전에 굴러다니던

모험가 시체에서 더스트가 챙긴 거라니까, 안 돌려줘도 돼!"

"어이, 린! 나의 장대한 일확천금 계획을 방해하지 마!"

내가 화난 척을 하며 린에게 따지자 린은 허둥지둥 도망쳤다. 그런 린을 쫓는 사이, 카즈마 일행을 태운 마차가 출발했다.

우리는 자연스레 걸음을 멈춘 후 멀어져 가는 마차를 함께 쳐다보았다.

"정말 괜찮겠어? 공주님에게 받은 소중한 검이잖아?"

방금까지와 다르게 표정이 진지해진 린이 나를 지그시 응시했다.

저 검이 나에게 있어 얼마나 소중한 것인지 알면서도 린은 나와 말을 맞춰줬다. 그 점은 고마워해야겠지.

지금까지 고마웠어, 내 애검아. 앞으로는 내 절친을 지켜줘.

"괜찮아, 나한테는 창이 있거든. 이제…… 그 검은 필요 없어."

리오노르 공주…… 과거와 결별한 나한테는 필요없는 물건이다.

게다가 나보다는 카즈마가 그 검을 잘 써줄 것이다.

"진짜로 마왕을 쓰러뜨린 후에 그 검을 가지고 돌아온다면, 떼돈을 벌 수 있는 것도 사실이잖아."

"마왕 퇴치 같은 건 황당무계한 헛소리 같지만, 카즈마 일행이라면 진짜로 해낼 것 같아."

"내 절친이거든. 자, 그 녀석들이 운 좋게 마왕을 해치우더라도, 돌아올 곳이 없어지면 큰일이야. 우리도 힘내자고."

그 녀석들 걱정이나 하고 있을 때가 아니다.

가까운 시일 내에 마왕군이 액셀 마을로 쳐들어올 것이다. 마음을 단단히 먹고, 맞서 싸울 준비를 할 필요가 있다. 아까 카즈마와 위즈가 나눈 대화에 따르면, 바닐 나리와 위즈도 이 마을을 지키는 것을 도와주려는 것 같았다.

이걸로 전력이 대폭 강화됐지만 그래도 마음을 놓을 상황은 아니었다.

남은 며칠 동안 모험가들이 올릴 수 있는 레벨에도 한도가 있고 급성장은 무리다. 그럼 어떻게 하면 좋을까…….

제 2 장 저 액셀 마을에서 공방전을

1

린과 헤어진 나는 페이트포의 산책을 겸해 마을 안을 돌아다니며 이 마을을 어떻게 지킬지 고민했다.

액셀 마을은 성벽에 둘러싸여 있어서 방어에 적합했다.

마왕군은 아마 정면 방향에서 쳐들어올 것이다. 대군의 이동에는 광대한 평원이 펼쳐져 있는 그 방향이 적합할 테니까.

고개를 들자 정문과 높은 성벽이 눈에 들어왔다.

새로 만든 이 두꺼운 성벽은 이번 방어전의 핵심이 될 것이다.

게다가 정면 쪽의 성벽은 예전에 아쿠아 누님이 일으킨 홍수로 박살이 난 후에 카즈마의 돈으로 새로 지었다. 노후화 걱정도 할 필요 없고 내구성에도 문제가 없다.

……그건 불행 중 다행, 일까?

성벽을 이용한 농성전도 괜찮지만 그것은 지원군을 기대할 수 있는 상황에서 쓰는 수단이다.

같은 타이밍에 베르제르그 왕국의 왕도가 마왕군 본대의 침공을 받게 될 예정인 만큼, 지원군은 기대하지 않는 편이 나을 것이다.

그렇다면 정문 앞에서 맞서 싸울 수밖에 없다.

마왕군의 대군과 대치하고도 마음이 꺾이지 않고 맞서 싸울 수 있을 것인가. 정신적인 면도 전황에 크게 작용한다. 그런 생각을 하다 보니 나는 어느새 마을 밖으로 나와 있었다.

"겸사겸사 창고에 가볼까."

사실 나는 마을 밖에 남들 몰래 창고를 마련해뒀고 거기에 잡동사니와 사기행각에 쓸 아이템, 남들에게 보여주면 안 될 물건을 넣어뒀다.

일전에 미…… 뭐시기란 녀석의 마검을 숨겨뒀던 곳도, 바로 그 창고다.

숲속에 있는 조그마한 바위를 치우자, 지하로 이어진 계단이 모습을 드러냈다. 과거에 퀘스트를 하고 의뢰인에게 대금 대신 양도받은 지하 창고다.

의뢰인의 죽은 남편이 이곳을 비밀 지하실로 이용한 것 같았다.

열쇠로 문을 열고 들어간 내부는 상당히 넓었으며 벽 쪽에는 거대한 수제 책장이 설치되어 있었다. 그 외에는 싸구려 항아리와 바닐 나리의 가면을 본뜬 낙인용 불도장이 굴러다니고 있었다.

"더스뜨, 머글꺼 업써?"

"유감스럽게도 없어. 아, 그건 어린애가 보면 안 되는 책이야."

페이트포가 책장의 책을 뽑은 뒤 펼치려고 해서 나는 그 책을 빼앗았다.

이 책은 저번에 던전의 숨겨진 방에서 발견한 야한 만화다. 적혀 있는 말은 이해할 수 없지만, 카즈마는 해석을 할 수 있었다.

아무래도 그 녀석의 모국어인 것 같다. 카즈마는 책 몇 권을 받는 조건으로 내 애장도서 여러 권을 번역해줬다.

책장에 꽂기 전에 잠시 훑어봤는데 역시 끝내주는걸.

"캬아, 역시 에로틱하네. 뭐랄까, 설정이 참신해. 감도가 몇 배로 늘어나는 약은 뭐야? 서큐버스의 꿈에서도 이런 설정은 본 적 없다고."

꽂으려던 책을 정독하고 말았다.

"쩌기, 배고빠. 돌아가자."

"지금 딱 좋은 부분이니까 잠시만 기다려. ……알았어, 알았으니까 깨물지 마!"

내 발을 깨무는 페이트포를 떼어낸 후 그 책을 품속에 넣었다. 방에 돌아가서 읽어야지.

배가 너무 고파서 움직일 기력이 없어 보이는 페이트포를 업고 있는데, 나는 문득 궁금한 점이 떠올랐다.

"너는 적과 싸울 때, 뭘 해주면 힘이 날 것 같아?"

"마싯는 밥을 배부르게 머그면 힘나."

페이트포는 무표정한 얼굴로 즉시 대구했다.

"역시 포상이 있으면 의욕이 나겠지."

그럼 모험가들이 의욕을 나게 하려면 어떻게 해야 할까.

포상이라면⋯⋯ 역시 그거겠지.

나는 머릿속에 떠오른 작전을 실행에 옮기기 위해, 어떤 장소로 향했다.

해가 지기 직전에 모험가 길드로 돌아가 보니 이 마을의 모험가 대부분이 안에 있었다.

다들 불안하겠지. 동료들이 조금이라도 더 많은 장소에 모여서 안심하고 싶은 걸지도 모른다.

나는 입구 근처 자리에 앉아 있는 남자들 뿐인 모험가 파티에 다가가서, 그들 사이에 끼었다.

"이야~, 한잔 걸치고 있구나."

"뭐야, 더스트야? 너한테는 술 안 사줄 거니까, 빨리 꺼져. 쉿쉿."

"어이, 너무하잖아. 모처럼 구미가 당길 만한 이야기를 해 주려고 찾아온 건데 말이야."

한 남자가 나를 쫓아내려고 했지만 나는 그의 어깨에 손을 얹으며 히죽 웃었다.

"흥, 또 얼토당토않은 돈벌이 이야기를 늘어놓거나, 사기에 끌어들이려는 거지? 더는 안 속아!"

"그래? 뭐, 좋아. 서큐버스 누님들한테 메시지를 전해달라는 부탁을 받았는데, 나 혼자 즐겨야겠네."

내 말을 무시하는 모험가들에게서 돌아선 내가 다른 곳으로 향하려 하자 이번에는 그들이 내 어깨를 움켜잡았다.

귀찮다는 표정을 지으며 뒤를 돌아보니 남자들이 몸을 쑥 내밀고 나를 쳐다보고 있었다.

좋아, 걸려들었어.

"뭐, 일단 이야기만이라도 들어보자고."

"됐어~. 듣고 싶지 않아 하는 녀석한테 괜히 이야기해주기 싫어~. 누구누구 씨가 아까 나를 쫓아내려고 했잖아?"

"삐치지 말라고. 이렇게 사과하잖아. 아가씨, 술 한 잔만 가져다줘. 이건 내가 사는 거야."

공짜 술을 마시게 된 나는 기분 좋은 척하면서 그들을 향해 얼굴을 내밀었다.

"실은 서큐버스들이 마을을 지켜주기로 한 모험가에게, 답례 삼아서 끝내주는 꿈을 공짜로 한 번 보여주겠다고 했어."

"뭐?! 그런 건 빨리 말하라고. 나는 볼일이 생겼으니까, 아직 손 안 댄 이 음식도 먹어."

이 자리에 있던 녀석들 전원이 자리에서 일어나더니 서둘러 길드를 나섰다.

페이트포는 내 등에서 탈출한 뒤 그들이 남긴 요리를 열심히 먹어 치우기 시작했다.

이거, 식비도 굳었으니 일석이조네.

"그거 먹고 나면 다른 자리로 가자."

"응."

결국 길드 안에 있는 모든 남자들에게 말을 걸었다.

곧 길드 술집에서 대부분의 남자들이 사라졌다.

임무를 완료한 나는 동료들이 있는 자리로 돌아갔다.

"너, 뭘 한 거야? 네가 말을 건 사람들이 전부 나가버렸잖아."

"친절한 마음에 솔깃한 정보를 알려줬을 뿐이야."

"그게 뭔데? 나한테도 가르쳐줘."

"그래, 좋아. 어차피 가르쳐줄 생각이었거든."

키스는 흥미를 보였지만 테일러는 그렇지도 않았다. 이럴 때도 고지식한 남자라니깐. 좀 자유롭게 살아도 될 텐데 말이야.

"남자들끼리 뭘 그렇게 쑥덕거리는 거야? 나한테도 가르쳐줘."

"아~ 여자는 알아봤자 아무 소용 없는 정보거든."

"흐음~ 음란한 일 같네. 하아. 됐다, 됐어."

방금 그 말만으로도 무슨 일인지 눈치를 챈 린이 인상을 썼다.

린에게는 가르쳐줄 수 없다고. 들통났다간 무슨 소리를 들을지 모르니까.

나는 언짢은 듯한 린을 달래며 식사를 마쳤고 그녀는 페이트포를 데리고 숙소로 돌아갔다.

처음 만났을 때 저 둘은 사이가 나빴는데 요즘은 저렇게 같이 다닐 때가 많았다. 특히 린이 밤에 페이트포를 봐주기도 해서 여러모로 편했다.

"자, 아까 말한 그 솔깃한 정보가 대체 뭐야?"

린이 사라지자마자 키스가 나를 향해 고개를 쑥 내밀었다.

"어차피 변변찮은 이야기일 것 같으니, 나는 먼저 돌아가지."

테일러는 음식값을 테이블에 두고 돌아갔다.

"테일러는 여전한걸. 좋아, 그럼 같이 가자."

내가 키스와 어깨동무를 하고 향한 곳은 물론 서큐버스 가게다.

내가 이야기를 퍼뜨리며 다닌 덕분에 가게 안은 혼잡하기 그지없었다.

"오늘은 특별 서비스 데이예요~. 무료로 평소보다 몇 배는 멋진 꿈을 보여드릴 테니, 그 어떤 소망이든 부담가지지 말고 알려주세요."

서큐버스 가게의 점장이 야한 동작을 섞으면서 서비스 내용을 설명했다.

거친 콧김을 뿜고 있는 녀석들이 자신들의 욕망을 앙케트 용지에 적어서 얼굴을 붉히며 담당 서큐버스에게 건넸다.

"이거구나! 진짜로 공짜네. 지갑 사정이 나빴는데, 잘 됐어!"

키스는 의기양양하게 자리에 앉더니 앙케트 용지를 작성하기 시작했다.

내가 벽 쪽에 서서 모험가들을 쳐다보고 있을 때 로리 서큐버스가 슬그머니 다가왔다.

"저기~ 서큐버스가 이런 말을 하면 안 된다는 건 알지만, 남자는 참 단순하네요."

"에로는 남자의 행동 원리거든."

어이없어하는 로리 서큐버스를 쳐다보며 그렇게 단언한 나는 쓴웃음을 흘렸다.

"하지만 그런 꿈을 보여줘도 정말 괜찮을까요?"

남들이 들으면 안 되는 내용이라서 로리 서큐버스는 발돋움을 한 뒤, 내 귓가에 입을 대고 말했다.

"괜찮아. 이번 목적은 욕구 불만의 해소가 아니거든. 저 녀석들이 의욕을 최대한 내는 게 목적이라고."

"그건 알지만, 진짜 괜찮을까요……."

아직 망설여지는 건지 로리 서큐버스는 고개를 갸웃거렸다.

"너도 새로운 음몽을 위한 조언을 해달랬잖아. 이제까지 그런 전개는 없지 않았어?"

"그건 그렇지만……. 그래도 죄책감이 밀려와요."

이제 와서 겁먹지 말라고.

다른 서큐버스에게도 이야기를 해뒀으니 문제없이 계획대

로 해줄 것이다.

기분이 좋아 보이는 모험가들을 보고 나는 무심코 히죽거렸다.

"크크크큭."

"더스트 씨. 표정이 사악해요……."

어이쿠, 내 속내가 겉으로 드러난 건가.

엉큼한 표정을 지으며 순진하게 기뻐하고 있는 녀석들이 나중에 어떻게 될지 기대되는걸.

2

다음 날. 테일러 일행과 훈련을 마친 나는 서큐버스 가게를 살펴보러 갔다.

"그런 식으로 애간장을 타게 만드는 건 너무하잖아! 오늘은 끝까지 보여줄 거지?! 오크에게 잡힌 내 세레나 씨는 무사한 거 맞지?!"

"왜 데이트 도중에 잠이 깬 거냐고! 다음 내용을, 다음 내용을 빨리 보여줘!"

"어이, 그 후에는 어떻게 되는 거야? 꿈은 됐으니까, 그 뒤에 어떻게 되는지 그냥 말해줘!"

가게 안은 서큐버스들에게 애원하는 모험가들로 가득 차 있었다.

그들은 하나같이 「다음 내용」이란 말을 입에 담고 있었다.

"저, 저기, 더스트 씨!"

나를 발견한 로리 서큐버스는 내 옷소매를 잡아당기며 가게 구석으로 향했다.

"호황이네."

"덕분에…… 같은 소리를 할 때가 아니거든요?! 아침부터 손님들이 몰려와서, 다음 내용을 보여 달라고 성화라고요!"

로리 서큐버스는 생각지 못한 상황에 당황한 것 같지만 나로서는 예상 이상의 전개라 무심코 히죽거렸다.

"획기적이지? 연속 장편물 음몽이란 건."

"그건 인정할게요. 꿈은 손님을 개운하게 만드는 게 목적이라 한 편의 꿈으로 완결되는 내용으로 꾸미지만, 하이라이트에서 끝내서 안달이 나게 만들 생각은 못했거든요."

그렇다. 저 녀석들은 야한 꿈속에서 욕구가 풀리기 직전에 꿈이 끝나고 말았다. 그렇게 하라고 내가 시켰다.

"하지만 효과가 엄청나네요. 역시 이 책의 내용은 엄청나요."

로리 서큐버스는 책 한 권을 꺼내 보였다.

어제 내가 서큐버스 가게에 빌려준 대량의 음란 만화 중 한 권이다.

그 만화들은 카즈마의 나라에서 평범하게 유통되는 물건이고—

"나의 나라는 에로 관련으로 꽤 열성적이야. 그 어떤 마니

악한 욕망도 이뤄주려고 해. 다른 나라로부터 변태 소리를 들을 정도라고."

그렇게 말했다. 실제로 그림만 봐도 에로티시즘과 색기가 느껴졌으며 카즈마가 번역해준 문장 또한 하나 같이 독특한 표현이었다. 「앙대~」 같은 의미 모를 대사는 내 사타구니에 에너지를 몰리게 하더라니깐.

그것을 베이스로 남자들이 좋아할 만한 내용을 골라서 리얼하게 만든 꿈을 보여준 결과가 바로 이 사태다.

"알고 있겠지만, 오늘 꿈도 어제의 마지막부터 이어지도록 해. 다음 내용이 신경 쓰이게 해야 의미가 있다는 것도 잊지 마."

"너무 애태우면 폭주할 것 같아서 무서운데요……."

그 부분은 적절히 컨트롤해줬으면 한다.

"그리고 또 걱정되는 게 있어요. 몇몇 손님은 빨리 꿈의 다음 내용을 보고 싶다면서, 이제부터 낮잠을 잘 테니 보여달라는 애원을 해서 곤란한 참이에요."

"그것도 예상했던 거야. 너한테는 아직 알려주지 않았지만, 다른 서큐버스들에게 대처법을 전수해뒀거든. 저기 봐."

나는 근처에 있는 자리에서 서큐버스와 이야기를 나누는 모험가를 가리켰다.

내가 하려는 말이 뭔지 금세 눈치챈 로리 서큐버스는 귀에 손을 대고 그들의 대화를 엿들었다.

"이제부터 마구간에서 낮잠을 잘 테니까, 어제 꿈의 다음 내용을 보여줘! 허니가 고블린이 사는 동굴에 끌려가는 장면에서 끝나버린 바람에, 그 다음 내용이 너무 궁금하다고!"

"손님, 고개를 드세요. 죄송하지만, 서큐버스의 힘은 해가 뜬 동안에는 약해지기 때문에 무리랍니다. 그리고 이런 시간에 잠들어도 깊게 잠들지 못하니까, 꿈을 꾸는 도중에 깨고 말 거예요."

"그, 그렇구나……."

모험가는 고개를 푹 숙인 후 노골적으로 아쉬워했다.

그 심정은 이해한다. 그 만화들은 스토리가 재미있는 것도 많아서 나도 아침부터 밤까지 푹 빠져서 읽었으니까. 딱 중요한 부분에서 중단됐으니 저러는 것도 무리는 아니다.

……뭐, 저렇게 되도록 내가 꾸민 거지만 말이야.

"더스트 씨가 준 책은 정말 재미있으니까요."

"어이, 준 건 아니거든? 어디까지나 빌려준 거야. 그걸 착각하지 마. 나중에 꼭 돌려달라고."

"……아무튼, 저희 서큐버스한테도 에로와 재미를 양립한 그 책은 최고의 오락거리거든요. 다들 푹 빠져버려서 일과 상관없이 탐독하고 있어요."

에로한 복장으로 에로한 꿈을 보여주는 게 삶의 보람인 종족에게 그 책은 확실히 끝내주겠지. 빠져드는 것도 무리는 아니야.

이대로 꿈을 질질 끌어서 모험가의 기대치를 높여야 한다.

우리가 그런 이야기를 나누는 사이에도 아까 전의 모험가가 서큐버스에게 계속 애원했다.

"꿈은 어찌할 수 없지만, 이번 방어전에서 활약한 분께는 가게 측에서 특별한 선물을 드릴 거랍니다."

"그런 것도 있어?! 뭘 주는데?"

"많은 활약을 하신 모험가분들께는 이 가게의 연간 무료 이용권을 드릴 거예요."

"우오오오, 죽을 힘을 다해야겠네!"

그 한마디에 방금까지의 불평불만이 다 날아가 버린 건지 힘찬 함성을 지르며 의욕을 불태웠다.

다른 녀석들도 특별한 선물에 관해 듣고 비슷한 반응을 보였다.

"그럼 레벨과 현재 경험치를 확인하기 위해, 길드 카드를 확인해도 될까요?"

"어, 마왕군이 오기 직전이 아니라 지금 말이야?"

"예. 지금 확인한 내용과 마왕군 격퇴 후의 내용을 비교할 거랍니다. 혹시 문제라도 있나요?"

"없어! 자, 조사를 하든 메모를 하든 마음대로 해."

서큐버스와 모험가의 대화를 듣고 있던 로리 서큐버스가 턱에 손을 대고 생각에 잠겼다.

"저기~, 지금 길드 카드를 조사했다간 부정을 저지르는 사람이 있지 않을까요? 마왕군과 싸우기 전에 몬스터를 해치워서 레벨을 올린다거나……."

"당연히 그런 녀석이 있겠지."

"그러면 안 되잖아요. 공평하지 않은 짓을 하면 안 된다고요."

로리 서큐버스는 허리를 짚고 발끈했다.

악마가 되어 가지고 그런 것에는 질색하는 건가.

"괜찮아. 너, 이 일의 목적을 깜빡한 거 아냐? 조금이라도 의욕이 나게 만들어서 우리 쪽의 전력을 강화하려고 이리저리 손을 쓰고 있는 거잖아. 미리 레벨을 올려준다면, 그거야말로 바라는 바라고."

"아하. 꿈의 내용을 궁금하게 만들면, 다음 내용을 알기 위해서는 깊이 잠들어야 하니까 몸을 움직일 것이다. 그리고 레벨을 올리면 상을 받을 수 있다는 미끼를 던져서……. 우와, 질리도록 약아빠진 짓이네요."

"솔직하게 칭찬해. 책사라고 불러, 책사."

지금은 내 대단한 작전에 감탄할 타이밍이잖아. 왜 질색을 하며 뒷걸음질을 치는 건데?

이걸로 전의 상승과 레벨업은 가능할 것이다. 조금은 승기가 생겼나?

"그런데, 인큐버스는 어떻게 됐어?"

"딱히 문제없을 장소만 안내해준 다음, 마지막으로 이 가게에 데려왔더니 「이런 얼빠진 모험가뿐이라면 여유롭겠는걸?」 같은 소리를 하면서 완전히 방심한 채 돌아갔어요. 저희가 마왕군 습격에 맞춰 모험가들에게 손을 써두겠다고 말했더니, 덜컥 믿더라니까요."

"머리 좀 썼네. 전부터 너는 할 때 하는 여자라고 생각했어."

"후후, 이 정도는 별것 아니에요~."

말로는 겸손한 척하면서도 표정으로는 더 칭찬해달라고 재촉하고 있었다.

그 표정이 좀 짜증났지만 서큐버스들은 앞으로도 수고를 해줘야 하니 말이야. 이쯤에서 아부 좀 해둘까.

"이야, 서큐버스 제일의 수완가! 나올 곳도 쏙 들어가 있는 나이스 몸매!"

"더스트 씨도 참, 칭찬이 과하잖아요. ……응?"

위화감을 눈치챌 뻔한 로리 서큐버스에게 마구 아부를 해서 비위를 맞춰준 후 나는 가게를 나섰다.

이걸로 마왕군이 방심하고 모험가들이 의욕을 불태워주면 좋겠는데…….

3

그로부터 이틀 후, 우리는 액셀 마을을 벗어나 상공에서 정찰을 하고 있었다.

"왜 남자를 태우고 하늘을 산책해야 하냐고. 기분 나빠

죽겠네. 빨리 내려."

"이 높이에서 내렸다간 죽는다고! 너만 피해자인 건 아니란 말이야. 나도 더스트와 합승하는 건 딱 질색이거든? 하지만 페이트포를 제대로 몰 수 있는 건 너뿐이라서 참는 거야. 그리고 《천리안》을 지닌 건 나뿐이잖아. 너만 불만을 느낀다고 착각하지 마."

키스는 내 허리를 꼭 붙든 채 흠칫흠칫하며 지상을 내려다보고 있지만 그래도 푸념을 늘어놓을 여유는 있는 것 같았다.

어차피 하늘에서 정찰을 할 거면 린과 함께 하고 싶었는데 키스의 스킬이 필요하기 때문에 이렇게 됐다.

내 동료 중에 유일하게 페이트포를 타본 적 없는 테일러가 출발하려는 나를 지그시 쳐다보며—

"키스는 탈 기회가 생겼구나. 뭐, 됐어."

—라고 중얼거리는 목소리가 똑똑히 들렸다. 어쩔 수 없지. 다음에 그 녀석도 태워줄까.

하지만 그 녀석은 덩치가 크잖아. 페이트포가 태우기 싫어하면 어쩌지……

"그건 그렇고, 페이트포가 화이트 드래곤이라는 것에도 놀랐지만, 네가 진짜로 그 소문 자자한 천재 드래곤 나이트 님이었구나. 두 눈으로 보고 있는데도 여전히 믿기지 않아."

뒤편에서 쳐다보지 말라고. 남자가 쳐다보는 건 전혀 기쁘지 않아.

"흥, 은연중에 배어 나오는 천재의 오라를 눈치채지 못한 거야?"

"거무튀튀하고 탁한 오라만 느껴졌거든. 어이쿠, 아래편에 뭔가 있는걸."

내가 그 비아냥거림에 욕지거리로 답해주려던 순간, 갑자기 입을 다문 키스가 진지한 표정으로 지상을 내려다보았다.

나도 덩달아 같은 방향을 쳐다보니 지상에 존재하는 수많은 점이 어렴풋이 눈에 들어왔다.

"좀 더 고도를 내릴까?"

"괜찮아. 《천리안》으로 어찌어찌…… 우왓. 이야~ 큰일 났네."

저것이 뭔지 알아본 키스가 그렇게 중얼거렸으나 나는 그 말의 의미를 이해하지 못했다.

"어이, 나도 알아듣게 설명하라고."

"아, 미안해. 저건 마왕군의 몬스터들이야. 숫자가 너무 많아서 셀 수 없지만, 길드가 예상한 숫자의 네다섯 배는 될 것 같아."

인큐버스에게 가짜 정보를 넘겨줬는데도 저렇게 많은 병력을 보낸 거냐. 지휘관이 우수한 걸까. 아니면 원래는 더 많은 숫자를 보낼 생각이었는데 그나마 줄어든 걸까.

"어이, 진짜야? 초보자 모험가의 마을을 습격하는데 뭘 저렇게까지 하는 거야? 진짜 어른스럽지 못한 녀석들이네. 그런데 몬스터의 종류는 확인할 수 있어?"

"으음~ 스켈레톤 같아 보이는 게 많네. 그것 말고는 코볼트와 고블린 같은 거야. 종족이 다양한걸. 줄이 너무 길어서 뒤편은 잘 보이지 않아. 아무튼 지력이 어느 정도 있는 2족 보행 몬스터들을 왕창 모은 것 같아. 진행 속도는 그렇게 빠르지 않지만, 이대로 두면 내일 낮에는 액셀 마을에 도착할 거야."

남은 시간은 겨우 하루뿐인가.

좀 더 낮게 날면서 정보를 모으고 싶지만 발각됐다간 일이 성가실 것이다.

"이럴 때 메구밍이 있다면 폭렬마법으로 상당수를 쓸어버릴 수 있을 텐데. 하필이면 필요할 때 없는 거냐고."

"그 쓸데없이 센 화력이 쓸모 있을 절호의 기회구나. 본인이 알면 분명 아쉬워할 거야."

폭렬걸이 이 자리에 있다면 희희낙락하며 상공에서 폭격을 했을 것이다.

이제는 그럴 수 없지만 그래도 아쉽다.

"메구밍 말고는 폭렬마법을 쓸 수 있는 녀석이 없…… 앗! 있네! 폭렬마법을 쏠 수 있는 녀석이 있었어!"

키스도 내 고함을 들은 후 누구를 말하는 건지 눈치채고 손뼉을 쳤다.

""위즈!""

의견이 일치한 우리는 페이트포를 몰아서 서둘러 액셀 마을로 돌아갔다.

"저기~, 마음 같아서는 도와드리고 싶답니다. 하지만 마왕군 간부라 그런 눈에 띄는 짓을 할 수가 없어요. 정말 죄송해요."

페이트포를 업고 마도구점에 들어간 나는 다짜고짜 위즈에게 폭격을 부탁했지만 그녀는 미안해하며 거절했다.

"잠깐만 있어 봐. 마왕군 간부인 건 나리 아냐?"

"매상도 안 올려주는 녀석이 무슨 소리를 하나 했더니……. 저 얼간이 점주의 말은 사실이다. 그녀도 마왕군 간부지. 또한 인간이 아니라 리치다."

바닐 나리가 아무렇지 않게 위즈의 정체를 폭로해서 나는 귀를 의심했다.

마왕군 간부라는 사실에도 놀랐지만 리치라면 그거잖아. 언데드의 왕이라 불리는 강력한 몬스터 말이야.

"거짓말……. 이 마을에서 흔치 않게 정신이 제대로 박힌 사람에, 무릎 꿇고 애걸복걸하면 가슴 정도는 주무르게 해 줄 순진 미녀인 줄 알았는데! 젠장, 속았어!"

마왕군 스파이가 이렇게 가까운 곳에 있는 줄은 꿈에도 몰랐다.

"아, 아니에요! 저는 마왕성의 결계 유지를 부탁받았을 뿐, 전쟁에 관여하지 않기로 약속했어요. 그리고 여러분과 적대할 마음도 없……. 어, 저는 애걸복걸하면 가슴을 주무르게 해주는 쉬운 여자처럼 보이나요?!"

필사적으로 변명을 늘어놓던 위즈가 갑자기 언짢은 기색을 드러냈다.

위즈가 마왕군 간부라는 사실을 안 이 상황에서, 저 말을 순순히 믿어도 될까.

"누가 봐도 칭찬 좀 해주면 우쭐대는 노처녀 독신 언데드지 않느냐. 양아치 모험가여, 안심해도 된다. 아까 발언은 사실이거든. 서로가 간섭하지 않는다는 약속을 하고 간부 자리를 맡은 거다."

선반을 청소 중인 바닐 나리는 나를 쳐다보지도 않고 대답했다.

위즈의 정체와 방금 들은 이야기도 신경 쓰이지만 지금 가장 신경 쓰이는 건 나리의 옷차림이다.

평소의 정장이 아니라 팔부바지에 샌들, 그리고 상반신에 셔츠 한 장만 달랑 걸치고 있었다. 저기에 평소와 마찬가지로 가면을 쓰고 있으니 수상쩍기 그지없었다.

저 옷차림에 관해 태클을 날리는 편이 좋을지, 아니면 입 다물고 있는 편이 좋을지 고민이 됐다.

하지만 지금 언급했다간 이야기가 복잡해질 것 같아서 그냥 입 다물고 있기로 했다.

"나리가 그렇게 말한다면 믿을 수밖에 없겠네."

"전부터 화이트 드래곤에 타보고 싶었던 만큼, 좀 아쉬워요. 나중에 한 번 태워주지 않겠어요?"

"뭐, 좋아. 괜찮지? 페이트포."

"응. 항상, 꽈자 주니까 괜찮나."

"후후, 고마워. 언제든 놀려오렴."

지금도 과자와 차를 대접받고 있는 페이트포가 망설임 없이 고개를 끄덕였다.

바닐 나리와 위즈에게 완전히 길들여진 것 같다.

"저 녀석을 타려는 건가. 흠, 그건 무리 아닐까?"

"바닐 씨, 어째서죠? 설마 숙녀에게 체중 제한 때문에 무리라는 말을 하려는 건 아니죠? 최근에는 당분을 거의 섭취하지 못했으니, 꽤 가벼워졌을 거예요."

"무게가 문제가 아니다. 화이트 드래곤은 신성 속성이지. 인간으로 변신했을 때는 만져도 문제가 안 되지만, 드래곤 상태라면 몸의 표면이 자신의 속성으로 뒤덮일 거다. 그리고, 영양실조 점주의 속성은 뭐지?"

"아."

"리치면 언데드니까, 신성 속성에 약하겠네. 그러고 보니 로리 서큐버스도 페이트포에 탔을 때 엉덩이가 아프다고 했어."

"악마도 아플 정도다. 언데드라면 엉덩이가 얼얼한 정도가 아니라, 장시간 앉아 있었다간 존재 자체가 소멸되겠지. 그런데도 괜찮다면 타라."

"사양하겠어요. ⋯⋯눈에 띄게 도와드릴 수는 없지만, 저와 바닐 씨도 이 마을을 지키는 걸 몰래 도와드릴 거니까 안심하세요."

그 말을 듣고 조금 안심했다.

"참고로 밝히자면 이 몸은 마왕군 간부가 아니다. 저번에 잔기(殘機)가 줄어든 것이 사망 취급이 되면서 마왕과의 계약이 파기됐거든. 그러니 마왕을 도와줄 이유도, 도리도 없다."

그렇다면 나리는 마음껏 날뛸 수 있겠네. 그건 기쁜 정보인걸!

"인간이 죽으면 질 좋은 식사를 못하게 되는 만큼, 적대할 이유가 없지. 게다가 그 소년을 이용하면 앞으로도 짭짤하게 벌 수 있을 테니까, 이 마을에 있는 소년의 저택이 박살 나면 여러모로 곤란해. 하지만 공짜로 이 마을을 지켜주는 건 장사꾼으로서도, 악마로서도 체면이 서지 않는군."

"그럼 외상으로 도와주면 안 돼? 지금은 돈이 없어."

"지금, 이 아니라 항상 그럴 텐데? 뭐, 좋다. 이번은 비상사태니까 외상을 받아주지."

폭렬마법으로 상대방의 병력을 줄이지 못한 건 아쉽지만, 이 두 사람이 마왕군 편에 서지 않고 우리를 도와주기로 한 것만으로도 잘 됐다고 여기도록 할까.

마도구점을 나서서 길드에 가보니 평소보다 몇 배는 시끌 벅적했다.

허둥지둥 술과 요리를 옮기는 웨이트리스가 가게 안을 바쁘게 돌아다니고 있었다.

"어이, 왜 이렇게 활기가 넘치는 거야?"

나는 평소 애용하는 자리에 앉으면서 동료들에게 물었다. 어찌 된 건지, 그 자리에는 로리 서큐버스도 있었다. 하지만 요즘 들어서는 그렇게 드문 일도 아니기에 개의치 않기로 했다.

페이트포는 포대기끈을 스스로 풀고 내 옆에 앉아서 메뉴 판을 쳐다봤다.

"그게 말이지. 마왕군의 진행 상황을 루나에게 전했어. 그게 다른 녀석들에게 전해지자, 다들 저렇게 흥분하더라고. 게다가 길드 측이 모험가 반값 할인 같은 걸 하는 바람에, 저렇게 부어라~ 마셔라~ 하며 난리를 피우고 있지."

키스가 평소보다 호화로운 술안주를 먹으면서 벌게진 얼굴로 설명했다.

아하, 내일 격전을 치를 테니 오늘 저렇게 배부르게 먹으며 에너지를 보충하고 있는 건가.

"그럼 마니마니 머거도 대?"

반값이라는 말에 반응한 페이트포가 나를 올려다보았다.

"그래. 내일은 바쁠 테니까. 배부르게 먹고 푹 자."

"응. 그럴게."

메뉴에 실린 요리를 전부 주문하는 모습을 보고 불안이 엄습했지만 오늘은 봐주기로 했다.

"자, 나도 배불리 먹어볼까. 실은 더 좋은 가게에서 예쁜 누님들의 시중을 받고 싶은데…… 아직 무리 같네."

가슴이 좀 큰 웨이트리스가 다가오기만 해도 몸이 거부반응을 보였다.

"어이, 아직 오크 트라우마에서 벗어나지 못한 거야? 크~ 여자를 질색하게 되다니, 참 불쌍한걸."

키스가 어깨를 으쓱하며 코웃음을 쳤다.

이 자식…… 확 두들겨 패버릴까.

"너희가 나를 그런 곳에 집어넣은 바람에 이렇게 된 거잖아! 위자료 내놔! 이대로 여자를 질색하게 되면 책임질 거냐?! 이 나이에 에로와 작별하게 된다면, 앞으로 뭘 보람 삼아 살아가냐고!"

"성실하며 살면 되지 않아? 그래도 좀 미안하다고 생각하니까, 오늘은 내가 술을 따라줄게."

"그럼 저도 서비스해 드릴게요. 자, 아~ 해보세요."

"뻬이뜨뽀도 할꺼야."

린이 술을 따라주고, 로리 서큐버스가 요리를 먹여줬으며, 페이트포가 자기 앞에 있는 요리 중 하나를 양보했다.

뭐, 이렇게까지 해주니 그냥 용서해주도록 할까.

"더스트도 기분이 풀린 것 같군. 하지만 여자를 싫어하게 됐는데, 저 세 사람은 괜찮은 건가. 뭔가 차이점이라도…… 있…… 아. 어험. 아~ 저기 뭐냐. 미안해. 방금 말은 못 들은 걸로 해주지 않겠어?"

테일러는 말을 하던 도중에 뭔가를 떠올리고 갑자기 헛기침을 하며 고개를 돌렸다.

그가 뭘 쳐다보고 무슨 생각을 한 건지 바로 눈치챘지만, 그걸 지적하면 어떻게 될지 알아서 입 다물고 있었다.

얼마 전에도 린한테 그런 말을 했었으니까. 나도 똑같은 실수를 반복하지는 않는다고.

내가 그렇게 참았는데, 눈치 없는 술주정뱅이가 손뼉을 치며 벌게진 얼굴로 실언을 했다.

"그래. 오크와 다르게 가슴이 없으니 여자로 안 느껴져서 괜찮은 거구나! 푸하하하, 납득했어."

키스는 자기가 한 말이 웃겨 죽겠다는 듯 배를 잡고 폭소를 터뜨렸다.

그런 키스와 달리, 린과 로리 서큐버스의 얼굴에서 표정이 사라졌다. 페이트포는 무슨 말인지 이해를 못해서 어리둥절한 표정을 지었다.

"어, 뭐야. 왜 그래? 어이, 술 마시는 사람을 질질 끌고 가지 마. 뭐야, 혼자서 화장실에 못 가는 거야? 왜 그렇게 무시무시한 표정을 짓는 건데?"

린과 로리 서큐버스는 아무 말 없이 키스의 팔을 잡더니 밖으로 끌고 갔다.

"우리 쪽 전력이 한 명 줄겠네……."

"어쩔 수 없지. 방금은 키스가 잘못했어."

길드 밖에서 마법이 터지는 소리와 비명이 들리고 눈부신 빛이 번쩍였지만, 나와 테일러는 귀를 막고 눈을 감았다.

잠시 후, 기분이 좀 풀린 두 사람이 돌아왔다. 키스는 없었지만 그 점은 언급하지 않았다.

"너희도 바보 같은 소리 하지 말고, 오늘은 푹 쉬어둬. 내일은 결전을 치러야 하잖아."

"알아. 내일은 엄청 바쁠 거야. 그리고 이게 마지막 만찬일 가능성도 있잖아. 그러니 마음껏 먹고 마셔볼까!"

내가 큰 목소리로 그렇게 외친 순간, 운이 나쁘게도 길드 안에 소음이 잦아들면서 주위가 조용해졌다.

그 결과, 길드 안은 무거운 정적이 흘렀다.

"……어이, 입 다물지 말라고."

"닥쳐! 우리가 일부러 입에 담지 않았던 말을 네가 지껄였잖아!"

"눈치 좀 발휘하란 말이야! 이러니까 너는 여자한테 인기가 없는 거야!"

"해도 되는 말과 안 되는 말을 구별 못 하는 남자는 정말 최악이야."

모험가들은 인정사정없이 독설을 퍼부으며 나를 비난했다.

다른 녀석들도 이참에 나를 비난하기 시작했다.

"멋대로 떠들지 말라고, 이 자식들아! 내가 봐주니까……
아얏! 누가 접시를 던진 거야?! 이 자식, 덕분에 인내심이
바닥났다고! 여기서 전초전을 치러줄까? 약해빠진 조무래기
들아, 한 놈도 남김 없이 전부 덤벼봐!"

"""죽여버리겠어!!"""

내 도발에 걸려든 녀석들이 일제히 달려들었다. 창날에 커
버를 씌운 창을 거머쥔 나는 몰려드는 모험가의 파도에 스
스로 뛰어들었다.

4

정신을 차려보니 나는 길드 바닥에 뻗어 있었다.

"비슷한 짓을 전에도 저질렀던 것 같은데……."

주위를 둘러보니 다른 모험가들이 나와 마찬가지로 바닥
에 드러누워서 자고 있었다. 대난투를 벌인 후 다들 그대로
뻗어버린 걸까.

상반신을 일으키려고 해보니 오른팔이 무거웠다. 그쪽을
쳐다보자 페이트포가 내 오른팔을 베개 삼아 곤히 잠들어
있었다.

깨우는 것도 좀 그래서 살며시 팔을 뺐다.

창밖이 여전히 어두운 것을 보면 아직 밤인 것 같았다.

주위를 둘러보니 테일러와 키스도 벽 쪽에서 자고 있었다. 린의 모습은 보이지 않았다.

나와 주먹다짐을 한 녀석들은 바닥을 굴러다니며 행복한 표정으로 자고 있었다. 얼굴을 확 밟아주고 싶지만 꾹 참고 길드를 나섰다.

"휴우~ 춥네."

별의 위치와 하늘의 상태로 볼 때 한밤중이라기보다는 새벽에 가까운 것 같았다. 잠시 후에는 태양도 떠오를 것이다.

별생각 없이 정문 쪽으로 걸어갔는데 성벽을 지그시 응시하고 있는 눈에 익은 뒷모습이 보였다.

"이른 아침부터 여기서 뭐 하는 거야? 오줌 마려워? 같이 볼일 볼래?"

"너는 정말…… 말을 좀 골라가면서 하면 덧나기라도 해?"

린이 어이없다는 표정으로 나를 돌아보았다.

평소 같으면 독설을 더 뱉거나 나를 두들겨 패려고 했을 텐데…… 웬일로 얌전하게 구네.

린은 작게 한숨을 내쉬며 뒤돌아서더니, 등 뒤로 돌린 손으로 깍지를 낀 채 성벽을 따라 걷기 시작했다.

나는 아무 말 없이 린의 뒤를 따라 걸었다.

"더스트와 싸운 덕분에 다들 마음이 편해졌나봐. 그렇게 불안한 표정을 짓고 있었는데, 지금은 태평한 표정으로 잠을 자고 있잖아."

"얼간이 같은 면상을 보면 밟아주고 싶은 기분이 들지 않아?"

"그런 생각 안 들었어. ……너, 다른 사람들의 긴장을 풀어주려고 그런 소리를 한 거지?"

뒤돌아선 린이 나를 지그시 올려다보았다.

린의 얼굴이 갑자기 다가온 바람에 동요해서 나의 얼굴이 달아올랐다. 아직 어두우니까 내 안색의 변화는 눈치채지 못했겠지?

"그런 것 아니거든? 별일도 아닌 것 가지고 난리를 피우잖아. 겁을 집어먹은 그 자식들을 보고 짜증이 치솟아서 난동을 부렸을 뿐이야."

"흐음~ 뭐, 좋아. 그런 걸로 해둘게. 결과적으로 잘 됐으니까, 칭찬해줘야 하지 않겠어?"

린은 내 이마를 손가락으로 톡 두드린 후 미소를 지으며 한발로 껑충 뛰듯 뒤편으로 물러났다.

그 모습이 귀여워서 잠시 넋을 놓고 쳐다봤다.

"그런데 너는 좀 어때? 남들만 계속 신경 썼잖아."

"나? 나는 컨디션이 끝내주지. 지금도 힘이 넘친다고. 못 믿겠으면 뒷골목에서 직접 확인해보겠어?"

"아하하하. 이번에야말로 단검으로 네 거시기를 잘라버린다?"

"농담이니까 칼 꺼내 들지 마!"

옛날에 마구간에서 있었던 일을 떠올린 나는 사타구니가 쪼그라들었다.

"만난 지 얼마 안 됐던 시절에는 이런저런 일이 있었잖아. 처음 만났을 때만 해도 너는 다 죽어가고 있었어."

"죽어간 적 없거든?! 위기에 처한 너희 앞에 바람처럼 나타나서 도와줬다고!"

"그랬어? 전혀~ 기억이 안 나네."

린은 그렇게 말하면서도 히죽거렸다. 표정을 보아하니 기억하는 눈치다.

그날부터 우리는 매일같이 얼굴을 마주했다. ……내가 감옥에 갇혀있던 날은 제외지만. 아무튼 우리는 쭉 함께했다.

솔직히 말하자면, 처음에는 리오노르 공주가 계속 어른거린 탓에 판박이처럼 똑같이 생긴 린을 쫓아다녔다고 생각한다.

하지만 나는 어느새 린을 공주 대신이 아니라 한 사람의 여성으로 보게 됐고, 눈을 떼지 못하게 된 것이다.

말투, 성격, 그리고 행동거지 하나하나가 나를 매료시켰다.

그녀의 곁에 있을 때는 라인 셰이커란 기사가 아니라, 자유를 사랑하는 모험가 더스트일 수 있었다. 그것이 너무나도 기분 좋고…… 기뻤다.

"무슨 일이 있어도, 너는 내가 반드시 지켜주겠어."

나는 크게 심호흡을 한 후 그 말을 입에 담았다.

린이 눈을 치켜뜨고 내 얼굴을 응시하더니 곧 「풋」 하고 웃음을 터뜨렸다.

"아하하하하. 어울리지도 않는 소리 좀 하지 마. 아~ 웃겨라. 하지만, 응. 뭐, 조금은 기대하고 있을게."

"쳇, 꼭 그렇게 웃어야겠어?"

눈가의 눈물을 닦는 린한테서 눈을 뗀 나는 지면을 걷어찼다.

큰 마음먹고 한 말인데 농담으로 여기고 흘려넘긴 것 같다. ……평소 행실이란 건 참 중요하네. 방금, 구구절절하게 느꼈어.

"그렇게 삐치지 마. 그럼 나를 지켜준 답례 중 일부를 미리 해줄게."

"뭐, 그게 무슨…… 어?"

슬며시 얼굴을 내민 린의 입술이 내 볼에 닿았다.

입과 입으로 한 건 아니지만 생애 두 번째 키스다.

"어, 어라, 리, 린?"

그 뜻밖의 행동에 놀란 나머지, 혀가 잘 돌아가지 않았다.

"이걸로 너도 조금은 의욕이 났지?"

환하게 웃는 린의 등 뒤에서 태양이 떠오르기 시작했다.

그때와 마찬가지로 나를 완전히 매료시키는 미소…….

아, 그래. 나는 이 미소에 반해버린 거구나.

"그래! 이 몸의 대활약을 기대하라고!"

액셀 마을의 정문에서 조금 떨어진 곳에 있는 평원에 모험가들이 줄지어 섰다.

이 마을에 있는 모든 모험가가 이 자리에 있었다.

대부분 낯익은 얼굴이지만 드문드문 처음 보는 모험가도 있었다.

모험가 길드가 다른 마을에 지원을 요청한 것과, 액셀 마을의 모험가들이 알고 지내는 모험가들에게 도움을 청한 성과 같다.

한 마을이 마왕군에게 습격을 받을 경우, 원래는 이 나라의 병사와 더 많은 모험가들이 마을을 지키기 위해 모여든다. 하지만 루나가 소문대로 베르제르그의 왕도도 공격을 받고 있다는 정보를 우리에게 전해줬다.

초보자 모험가의 마을과 왕도. 어느 쪽이 더 중요한지는…… 누구라도 알 테지.

즉, 지원군이 더 올 일은 없다.

"하지만, 이렇게 많은 모험가가 모이니 압권이네."

근처 나무에 올라가서 아군을 세어보던 키스는 예상보다 더 많은 숫자에 세는 것을 포기하고 팔짱을 낀 채 탄성을 터뜨렸다.

"이런 소리를 하면 혼나겠지만, 나는 꽤 많은 모험가가 도망칠 거라고 걱정했어. 그런데 아무도 도망치지 않았고 결전에 임하고 있지. 마을에 남아있는 연약한 주민들과 액셀 마을을 지키려 하는, 그 숭고한 마음에 감동했어!"

울먹거리면서 흥분한 어조로 그렇게 말하는 테일러에게는 미안하지만 실은 그런 게 아냐. 욕망에 찬 저 녀석들의 눈을 똑바로 보라고.

"이 싸움에서 활약하면, 1년 무료 이용권을 손에 넣을 수 있어! 이걸로 애인이 안 생기더라도, 마구간에서 홀로 그렇고 그런 짓을 할 필요가 없다고!"

"반드시 살아서 돌아갈 거야……. 오늘 꿈에서 본 그 마지막 장면……. 그 다음 내용을 보기 전에는 절대 못 죽어! 겁탈당할 위기에 처한 연인의 곁으로 뛰어가는 장면에서 깨다니, 평생의 불찰이라고!"

"아직도 믿기지 않아……. 나한테 그런 성적 취향이 있다니……. 굴욕과 애간장 속에 존재하는 그 기쁨은 대체 뭘까. 그것을 해명할 때까지 어떤 일이 있어도 살아남고 말겠어!"

의욕을 불태우고 있는 녀석들이 저런 문제 발언을 늘어놓았다.

성욕이라는 건 참 위대한걸. 내가 부추기기는 했어도 좀 과한 것 같다.

그리고 테일러한테는 미안하지만 나는 액셀 마을의 주민들이 연약하다고 생각하지 않는다.

"여러분, 힘내세요~. 이 싸움이 끝나면, 듬뿍 서비스해드릴게요~."

정문 앞에 모여서 간드러진 목소리로 응원하고 있는 이들은 서큐버스다.

가게에서와는 다르게 노출이 적은 복장을 하고 있지만 숨겨지지 않은 색기가 배어 나오고 있었다.

응원을 받은 남자 모험가들이 굳어있던 표정을 풀며 헤벌쭉거렸다. 정말 알기 쉬운 녀석들이다. 하지만 나는 너희의 그런 면을 좋아한다고.

남자 모험가들이 의욕이 넘치는 가운데, 여자 모험가들 또한 투지를 불태우고 있었다.

내가 여자 모험가들한테도 손을 써둔 것이다. 그쪽도 빈틈이 없다. 여자들이 저렇게 의욕에 찬 건, 내가 며칠 동안 퍼뜨린 거짓 소문 때문이다.

모험가의 세계에서는 여성보다 남성이 많다. 그럴 만도 했다. 몬스터와 싸우는 위험한 생활을 해야 하는 만큼, 신체 능력이 뛰어난 남자가 여자보다 유리할 것이다.

하지만 마법과 스킬로 남녀의 능력 차를 메울 수 있다. 웬만한 남자보다 강한 여자 모험가가 얼마든지 있었다.

카즈마네 파티의 그 녀석들을 예로 드는 건 좀 그렇지만, 특정 분야에서 특출난 능력을 지닌 이들도 얼마든지 있다.

하지만 모험가 생활은 가혹하고 더럽다는 이미지가 있다. 여자보다는 남자가 그런 직업에 적성이 있는 건 틀림없다.

카즈마처럼 파티에 여자가 셋이나 있는 건 예외 중의 예외이고, 우리처럼 여자 멤버가 한 명만 있어도 남자뿐인 다른 모험가 파티가 부러워할 정도였다.

하지만 초보자가 많은 액셀 마을은 다른 곳에 비해 여자 모험가가 많다. 나름 꿈과 희망이 있는 직업이니까. 일확천금을 노리는 건 남자나 여자나 마찬가지다.

그런 여자 모험가들이 의욕을 내도록 나는 어떤 소문을 퍼뜨렸다.

최근 며칠 동안 여자 모험가를 타깃으로 삼아 퍼뜨린 소문은 이러하다.

"너희한테만 해주는 이야기니까 딴 사람들한테 퍼뜨리지 말라고. 카즈마가 신붓감을 찾고 있다는 건 알아?"

"저기, 그 이야기 좀 자세하게 해봐."

내가 여자 모험가가 모인 술자리에 다짜고짜 끼어들면 다들 노골적으로 인상을 찡그리며 쫓아내려 했다. 하지만 그런 이야기를 꺼내자마자 태도가 급변했다.

"그 녀석은 예전부터 위험한 모험가 생활을 관두고, 집에 틀어박혀 편하게 지내고 싶다는 소리를 했잖아?"

"술에 취하면, 자주 그런 소리를 늘어놓긴 했어."

다른 녀석들도 그 말을 들은 적이 있는지 다들 고개를 끄덕였다.

"그래서 이번에 마왕을 해치우면 모험가를 때려치울 생각인가 봐. 그렇게 마음먹고 나니, 안정된 생활을 동경하게 됐나 보더라고. 돈이 넘쳐나는 내 절친의 앞날에는 유유자적한 생활이 기다리고 있겠지. 진짜 부럽네."

"마왕군 간부를 해치우고 받은 상금만 해도 어마어마하다는 소문을 들었어……."

"전에 아쿠아 씨가 박살 낸 성벽의 수리비도 전부 부담했을 정도니까……."

"예의 그 마도구점에 있는 가면 쓴 수상한 사람과 손을 잡고 떼돈을 벌었다는 소문도 들은 적 있는데……."

여자 모험가들이 얼굴을 맞대고 쑥덕거렸다.

이거, 금방 미끼를 물겠는걸.

"하지만 카즈마한테는 그 세 사람이 있잖아. 신붓감을 찾는다면, 그 세 사람 중에서 찾으면 되지 않아?"

뭐, 그렇게 생각하는 게 당연했다. 넷이서 행동할 때가 많은 그 녀석들을 본 적 있다면, 누구나 그렇게 생각할 것이다.

"에이, 농담 말라고. 잘 생각해 봐. 하나는 머릿속에 폭렬마법 생각밖에 없는 데다, 통나무 체형인 꼬맹이. 다른 하나는 지위와 외모는 뛰어나지만, 알아주는 변태인 크루세이더. 마지막 한 명인 아쿠아 누님으로 말할 것 같으면, 아쿠시즈교의 아크 프리스트라고. 술집에서 개인기를 선보이는 것과 빚지는 게 취미인 여자란 말이야. 너희가 카즈마 같은 상황이면 걔들과 결혼하겠어?"

""""절대 안 해.""""

다들 같은 생각인 것 같았다.

카즈마와 메구밍의 사이가 좀 수상하지만 실제로는 과연 어떨까.

"그래서 말이야. 마왕을 퇴치하러 간 카즈마가 무사히 마왕을 해치우고 개선했다고 생각해봐. 격렬한 싸움 속에서 몸과 마음이 지친 내 절친을, 상냥히 위로해주며 모성으로 감싸주는 여자가 있다면…… 혹 넘어올 것 같지 않아?"

"그 세 사람은 미인이지만, 성격에 문제가 있으니까 파고들 틈은…… 있어!"

"기회를 잘 노리면 팔자 고치는 것도 무리는 아냐. 노려볼 가치는 있을지도 몰라!"

"카즈마는 여자한테 익숙하지 않으니까, 신체접촉을 하며 상냥하게 대해주면 확 넘어올 것 같은 느낌이 들어!"

"그래~. 너희는 외모도 반반한 편이고 매력도 넘친다고 생각해. 게다가 자기가 사는 마을과 저택을 목숨 걸고 지켜줬다, 같은 요소가 더해지면…… 어떨 것 같아? 아, 이건 내가 사는 거니까 마음껏 들이켜."

나는 술을 계속 권하면서 침이 마르도록 그녀들을 치켜세웠다.

다른 녀석들 상대로도 똑같은 짓을 해서 길드에 있는 여자 모험가들을 자극한 것이다.

결국 내 상상을 능가하는 속도로 소문이 퍼져나가더니 미혼인 여자 모험가들의 눈빛이 달라졌다.

여자 모험가만이 아니라, 웨이트리스와 길드의 여성 직원들에게도 그 소문이 퍼진 건 오산이지만……

지금 생각해보면 좀 심했다는 생각도 들었다.

"먼 하늘을 쳐다보고 무슨 생각을 하는 거야? 혹시 이제 와서 겁먹기라도 했어?"

"아냐. 그저, 먼 곳에 있는 내 절친이 무사하기만을 빌었을 뿐이야."

미안하다, 카즈마. 무사히 돌아온다면 알아서 이 일을 처리해. 나는 상관 안 할 거야.

마왕군이 쳐들어오고 있는 상황에서 계속 감상에 젖어 있을 수는 없지.

"어, 어이! 마왕군이 보이기 시작했어!"

절박한 목소리가 들려오더니 《천리안》을 지닌 녀석들이 먼 곳을 주시했다.

내 눈에는 아직 점으로 보이지만 스킬 보유자들은 경악에 찬 표정을 지었다. 그중에는 무기를 놓치는 녀석도 있었다.

"키스, 어떤 느낌이야?"

"하늘에서 볼 때보다 지상에서 보니 더 무시무시한걸. 진짜로 저 자식들과 싸워야 하는 거냐……"

미리 숫자를 확인했던 키스조차도 동요할 정도였다.

처음 본 녀석들은 노골적으로 당황했다. 내가 잔꾀를 부려서 사기를 끌어올려 놨는데 순식간에 그 노력이 부질없어졌다.

　불안이 순식간에 전파되는 것이 느껴졌다.

　"역시 무모했던 건가. 우리가 어찌할 수 있는 상대가 아니잖아."

　"젠장 죽을힘을 다해 싸울 생각이었지만, 역시 무섭네……."

　약한 소리가 곳곳에서 들려왔다.

　마왕군이 다가오자 그에 비례해서 비명과 절망의 목소리가 커졌다.

　"더스트, 어떻게 할 거야? 이건 전투 이전의 문제야. 승산이 있고 없고를 따질 때가 아냐."

　린은 아직 흐트러진 모습을 보이지 않았지만 내 옷자락을 쥔 손이 희미하게 떨리고 있었다.

　이럴 때도 약한 모습을 보이지 않는 것이 린 답지만 말이다.

　"걱정하지 마. 이럴 때를 대비해, 비장의 수를 준비해뒀다고!"

　나는 오른손을 힘차게 들면서 성벽 위를 쳐다보았다.

　그곳에는 정면에서 불어오는 바람을 맞으며 당당히 서 있는 마법사가 한 명 있었다.

　"어, 메구밍이 저기 있어!"

　나는 고함을 지르며 성벽 위를 손가락으로 가리켰다.

　그에 따라 모험가들의 시선이 일제히 같은 방향을 향했다.

"멀어서 잘 보이지 않지만, 옷차림을 보아하니 정신 나간 폭렬걸이 틀림없어!"

"카즈마와 함께 마왕성으로 향한 것 아니었어? 텔레포트로 돌아온 걸까?"

"어, 어라. 좀 이상하지 않아? 키가 엄청 큰 것 같은데……."

예상치 못한 인물의 등장에서 비롯된 놀라움이 마왕군에 대한 공포를 앞선 건지, 모험가들이 술렁거렸다.

재빨리 자리를 벗어난 나는 정문 뒤편의 사다리로 단숨에 성벽을 올라간 후, 아래편에서 보이지 않도록 몸을 숙였다. 메구밍과 비슷한 복장을 한 인물에게 다가가 보니…… 바닐 나리와 로리 서큐버스도 근처에 몸을 숨기고 있었다.

"나리와 너는 왜 여기 있는 거야?"

"이런 우스꽝스러운 구경거리를 놓칠 수는 없지. 평소 나에게 끼치는 민폐에 대한 위자료 삼아, 얼간이 점주의 추태를 특등석에서 구경하러 온 거다."

"저는 언제나 바닐 님의 곁에 있거든요."

나리는 구경꾼이고 로리 서큐버스는 평소와 마찬가지로 스토킹 중인 건가. 방해할 생각은 없는 것 같으니 내버려 두자.

"그건 그렇고, 위즈는 언제까지 굳어있을 거야? 리허설 대로 빨리 해."

나는 미동조차 하지 않는 뒷모습을 쳐다보며 그렇게 말했고, 상대방은 딱딱히 굳은 채로 고개만 나를 향해 돌렸다.

그 사람은 바로 얼굴을 새빨갛게 붉힌 채 울먹거리고 있는— 위즈였다.

"더스트 씨, 이 치마는 너무 짧지 않나요?! 메구밍 양의 옷을 제가 입는 건 도저히 무리예요! 옷이 너무 작아서, 조금만 움직여도 찢어질 것 같아요."

로리 서큐버스에게 부탁해서 메구밍이 입는 것과 똑같은 옷을 급히 구했지만 아무래도 사이즈가 작은 것 같다.

몸에 찰싹 붙는 옷 위로 몸매가 훤히 드러난 그 모습은 요염하기 그지없었다.

"죄송해요. 사이즈가 그것뿐이었어요. 그래도 걱정하지 마세요, 위즈 씨. 이런 쪽에도 수요가 있거든요!"

"푸하하하하, 주책맞게 10대 소녀의 옷을 입은 미혼의 리치인가. 참으로 진귀한 광경을 봤군. 후하하하하, 다음에 그 옷차림으로 호객행위를 하지 않겠나?"

두 사람의 말을 들은 위즈가 수치심에 부들부들 떨기 시작했다.

"더스트 씨, 꼭 이래야만 했나요? 다른 방법이 있지 않을까요?"

"그 옷을 입어놓고, 이제 와서 무슨 소리를 하는 거야? 위즈가 마왕군에게 정체를 들키면 안 된다고 하니까, 변장용 복장을 준비한 거라고."

"그런 말을 하기는 했지만, 그래도 이건……."

자신의 복장을 확인하고 움츠러든 건가.

그 심정은 이해가 돼. 솔직히 말하자면 하나도 어울리지 않거든. 하지만 비도덕적인 묘한 느낌이 나쁘지 않다는 생각을 들게 하네.

"미안하지만, 망설이고 있을 시간이 없어. 적이 시시각각 다가오고 있다고."

"하, 하지만……."

아직도 망설이고 있는 건지 위즈는 치맛자락을 손으로 누르며 몸을 배배 꼬았다.

수치심을 참는 위즈의 모습을 좀 더 즐기고 싶지만 마왕군이 다가오는 상황에서 느긋하게 눈요기나 하고 있을 수는 없다.

"잘 들어, 위즈. 저 대군에 폭렬마법을 날리면 엄청난 대미지를 줄 수 있다는 건 알지? 하지만 이 액셀 마을에서 폭렬마법을 쓸 수 있는 건 메구밍과 위즈 뿐이야. 그러니까 폭렬마법을 쏜 건 그 둘 중 한 명인 거지. 그래서 적과 아군을 속이기 위해, 일부러 변장을 한 거잖아."

"그건 알아요. 하지만, 진짜로 그 말을 해야만 하는 건가요……."

"응. 그건 메구밍의 입버릇이거든. 망설일 시간은 없어. 마왕군이 코앞까지 몰려왔단 말이야."

내가 손가락으로 가리킨 방향에는 수많은 몬스터 무리가

있었다.

그것을 보고 각오를 한 위즈는 크게 심호흡을 하면서 손에 쥔 지팡이를 앞으로 내밀었다.

"내, 내 이름은 메구밍! 홍마족 제일의…… 으음."

도중에 말문이 막힌 위즈가 나를 힐끔 쳐다보았다.

바닐 나리는 이렇게 될 줄 알았던 건지, 대사를 적어둔 커닝 페이퍼를 꺼내서 위즈에게 보이도록 펼쳐들었다.

"바닐 씨, 고마워요. 어험. 홍마족 제일의 장사 재주 없는 무능아이자, 동거인에게 민폐를 끼치고 있는 궁극의 노처녀! ……어머, 진짜로 이게 맞나요?"

나리는 이 상황에서도 위즈가 저런 말을 하도록 꾸민 거야?

"그것보다 빨리 마법을 써라. 다들 기다리고 있다."

"아, 예. 『익스플로전』!!!"

위즈가 날린 마법은 눈부신 빛을 뿜으며 마왕군의 한복판에 명중하더니 그대로 굉음을 일으켰다. 하늘로 치솟은 연기와 먼지, 그리고 몬스터들이 호쾌하게 허공을 갈랐다.

"이야~, 역시 위즈야. 이걸로 4할 정도는 해치운 것 같네."

단 한 방으로 이 정도의 피해를 입히다니 엉터리 마법이란 소리를 듣는 폭렬마법도 쓰기 나름인걸.

"어찌어찌 된 것 같네요. 이제부터는 바닐 씨와 함께 마왕군에게 은밀히 타격을 입히겠어요."

"이 우스꽝스러운 볼거리를 구경한 값만큼은 도와주도록

하지. 양아치 모험가와 계약도 했으니까."

"두 사람, 기대할게."

위즈는 구석에 둔 자신의 옷을 움켜쥐더니 성벽에서 뛰어 내렸다. 그 뒤를 이어 나리도 위즈의 뒤를 따르듯 모습을 감 췄다.

"그럼 저도 바닐 님을 도우러, 어, 왜 제 팔을 잡는 거예 요? 놔주세요. 빨리 바닐 님을 쫓아가야 한다고요!"

나는 바닐 나리의 뒤를 따르려 하던 로리 서큐버스를 재 빨리 포획했다.

"너는 저쪽이 아니라 우리를 도와줘."

"싫어요! 저는 바닐 님과 떨어지면 가슴 떨림, 호흡 곤란, 현기증이 발생한단 말이에요!"

"그건 병이니까 의사를 찾아가. 자, 헛소리 그만하고 빨리 따라오기나 해. 참고로 말하자면, 너한테는 거부권이 없어."

내가 억지로 끌고 가려 하자 로리 서큐버스는 저항을 관 뒀다.

그리고 어찌 된 건지 볼을 붉히고 순순히 따라왔다.

"정말, 제멋대로라니까요. 하지만 더스트 씨의 그런 면도 싫지는 않아요."

"네 성적 취향은 내가 알 바 아니지만, 네 힘이 필요해. 다 른 녀석한테 부탁할 수는 없는 일이야."

나는 그렇게 말했고 고개를 숙인 채 생각에 잠긴 시늉을 하던 로리 서큐버스가 고개를 들었다.

그리고 무슨 생각인 건지 내 얼굴을 지그시 응시했다.

"다른 사람한테는 부탁할 수 없고, 저만이 할 수 있는 일인가요?"

"그래. 이런 부탁을 할 사람은 너뿐이야."

"그렇다면 어쩔 수 없죠! 특별히 더스트 씨를 위해 힘내볼게요."

갑자기 기분이 좋아진 로리 서큐버스는 절벽 같은 가슴을 주먹으로 두드린 후 나를 잡아끌고 달리기 시작했다.

왜 느닷없이 저렇게 의욕이 난 건지는 모르겠지만 설득에 시간을 낭비할 필요가 없어져서 다행이네.

5

"잠깐만요오오오오, 이야기가 다르잖아요오오오오오?! 추워, 하늘 정말 추워!"

"무슨 소리인지 잘 안 들려!"

뒤편에서 희미하게 들려온 비명에 고함으로 답하자 「거짓말쟁이이이이이이」라는 목소리가 들려왔다.

뒤를 돌아보니 배에 밧줄을 감은 로리 서큐버스가 강렬한 바람 탓에 얼굴이 일그러진 채로 불평을 늘어놓고 있었다. 배에 감은 밧줄은 고속으로 날고 있는 페이트포의 꼬리와 이어져 있었고, 로리 서큐버스는 자력으로 나는 게 아니라 그저 공중에 뜬 채 끌려가고 있을 뿐이었다.

"속도를 좀 낮춰."

내가 페이트포의 목덜미를 쓰다듬으며 그렇게 부탁하니 몸에 가해지던 압력이 약해지면서 바람 소리가 잦아들었다.

"저한테만 부탁할 수 있는 일이라는 게 이런 거였어요?! 달콤한 말로 여자를 속여서 실컷 이용한 후에 쓸모없어지면 냉큼 버리려는 거죠?!"

"무슨 소리를 하는 거야? 어쩔 수 없다고. 페이트포의 정체를 아는 녀석 중에 하늘을 날 수 있는 건 너뿐이야. 다른 서큐버스에게는 부탁할 수 없어."

"그렇다면 지난번처럼 등 뒤에 태워달라고요. 왜 저를 연 취급하는 건데요!"

팔짱을 낀 채 하늘에서 책상다리를 한 로리 서큐버스가 화났다는 어필을 했다.

……아직 여유가 있나 보네.

"묶어두지 않으면 도망칠 거 아냐. 그건 그렇고, 왜 다들 페이트포를 타고 싶어 하는 거야?"

"그야 뻔하잖아요. 꿈 많은 소녀의 낭만은 백마 탄 왕자님이지만, 그것보다 한 단계 위가 바로 백룡에 타는 거라고요!"

"그런 거야?"

나한테는 딱히 특별하지도 않은 일상이지만 자칭 꿈 많은 소녀에게는 그렇지도 않은 것 같았다.

"유괴는 눈감아줄 테니까, 제가 뭘 하면 되는지나 알려줘요."

"유괴는 무슨……. 너한테 부탁하고 싶은 건 딱 하나야. 저 아래에 있는 녀석들에게 거짓 정보를 흘려줘."

우리의 아래편에는 마왕군이 이끄는 수많은 몬스터가 있었다.

저 녀석들에게 들키지 않도록 상당히 높은 곳에서 살펴보고 있기에 조그마한 점이 꿈틀거리는 것처럼 보였다.

"잠입 임무인가요. 여자 스파이가 된 것 같네요. 그런데, 어떤 거짓 정보를 흘리면 되죠?"

"우선, 아까 폭렬마법을 쓴 마법사는 마력을 소모해서 현재 회복 중이라고 전해. 그리고 몇 분 후에 또 폭렬마법이 날아올 거라고 말해줘."

"……그게 의미가 있을까요?"

"잘 들어. 집단전에서 가장 중요한 건 숫자야. 대군이 한꺼번에 밀어닥치면, 제아무리 강한 전사라도 당하고 말아. 숫자만 보면 우리가 압도적으로 불리한 상황이잖아? 그런 상황에서 어떻게 해야 이길 수 있을 것 같아?"

"엄청나게 센 사람한테 나서 달라고 부탁하는 거예요!"

어린애 같은 생각을 용케 당당히 늘어놓는걸.

하지만 꼭 틀린 말이라고 할 수는 없다. 이 세상에는 압도적인 힘으로 적을 유린하는 녀석도 존재하니까. 미 뭐시기란 이름의 미남 마검사도 그런 부류다.

"그런 녀석이 여기 있으면 편하겠지만, 없으니 어쩔 수 없잖아. 그러니까 집단을 무너뜨려서 각개 격파를 해야 해. 그러려고 거짓말을 하는 거야."

"으음, 폭렬마법이 또 날아올 거다…… 그렇다면, 앗! 모여 있다간 표적이 되겠네요!"

그제야 내 말을 이해한 로리 서큐버스가 손뼉을 치며 탄성을 터뜨렸다.

폭렬마법으로 마왕군에게 손해를 입히는 것이 첫 번째 목적이다. 하지만 그것은 복선에 불과하다. 진짜 목적은 이쪽이고 명령 체계가 무너진 상태로 몰아넣으면 승산이 있다.

"꼭 적을 전멸시킬 필요는 없어. 몬스터 중에는 머리가 나쁘고 본능에 따라 행동하는 녀석도 많잖아? 그런 녀석들은 마법에 아군이 쓸려나가는 광경을 보고 겁을 집어먹었을 거야. 그리고 뿔뿔이 흩어진 상황에서 각자 자기 생각에 따라 행동하라는 말을 들으면, 너는 어떻게 할 것 같아?"

"……도망칠지도 몰라요."

"바로 그거야. 아마 이걸로 상당한 숫자가 전선을 이탈하겠지. 그렇게 된다면 이길 수 있을 것 같지 않아?"

"더스트 씨는 정말 잔머리가 잘 돌아가네요. 진짜 교활해요……."

"에이, 칭찬하지 말라고."

"저기, 칭찬이 아니거든요? ……그럼 악덕 책략가님의 지시에 따라, 열심히 거짓 정보를 퍼뜨리고 올게요."

"응. 부탁할게. 그래도 무리는 하지 마. 위험하다는 생각이 들면, 바로 돌아오라고."

"예~."

로리 서큐버스는 손을 흔들며 지상으로 내려갔다.

이제는 잘해주기를 빌 수밖에 없다.

"자~ 그럼 우리도 해야 할 일을 하도록 할까. 안 그래, 파트너?"

내가 목덜미를 쓰다듬어주자, 페이트포는 기분 좋다는 듯이 눈을 가늘게 떴다.

등에 멘 창을 손에 쥔 후 정면을 주시했다.

이쪽을 향해 곧장 날아오고 있는 적들이 있었다. 유심히 보니 그것은 일전에 만났던 인큐버스들이었다.

"안뇽~. 새하얀 드래곤은 참 끝내주지 않아? 저렇게 쩌는 걸 보니 의욕이 바닥을 치네~. 어라라~, 일전의 그 경박한 형씨잖아. 이게 대체 어떻게 된 걸까~?"

여전히 짜증나는 말투를 쓰는걸.

말투에는 변함이 없지만 눈빛은 그야말로 딴 사람 같았다. 나를 철저하게 경계하고 있었다.

"오랜만이야. 잘 지냈어?"

"당연히 잘 지냈지~! 그것보다, 질문에 제대로 대답해줬으면 좋겠네~."

인큐버스의 말투에는 변함이 없지만 목소리에는 노기가 어려 있었다.

"대답할 필요가 없지 않을까? 어차피 너희는 여기서 들었 던 이야기를 아무한테도 떠벌리지 못하게 될 테니 말이야."

"오~ 꽤 세게 나오는걸. 우리가 평소에 장난스럽게 행동 한다고 얕보면 곤란해~. 이래 봬도 우리 동네에서는 무투파 로 이름 꽤 날리거든. 다들, 내 말 맞지?"

""""우리는 최강!""""

인큐버스들은 접이식 창을 꺼내 들어서 나를 겨누더니, 일제히 달려들었다.

"헛소리 늘어놓지 마. 최강은 우리라고!"

"그르으으으아아아아!"

내 말에 답하듯 페이트포의 입에서 화염이 뿜어졌다.

부채꼴로 뿜어져 나간 불꽃이 전방에 있던 인큐버스 몇 마리를 삼켰다. 불꽃에 휘말린 녀석들은 비명도 지르지 못 하고 지상으로 추락했다.

"위험해! 흩어져서 포위하자!"

급하게 방향 전환을 해봤자 빈틈투성이야.

페이트포가 몸을 반 회전시키는 기세를 이용해서 나는 창 을 휘둘렀다.

그 일격으로 오른쪽 측면에 있던 인큐버스 둘을 해치우고 페이트포의 꼬리 왼쪽에 있던 셋을 날려버렸다. 단 한 번의 공방전으로 적의 절반 이상이 전투 불능 상태가 됐다.

"마, 말도 안 돼! 뭐가 이렇게 강해?! 인간 따위가 드래곤을 손발처럼 부리는 거야?!"

당연하지. 나와 페이트포는 일심동체거든!

"전투 중에 놀라는 거야 너희 마음이지만, 그럴 여유는 없지 않아?"

페이트포가 크게 날갯짓을 하더니 정면의 적에게 고속으로 접근했다.

놀라서 방어 태세도 취하지 못한 녀석들의 가슴을 내 창이 차례차례 꿰뚫었다.

그제야 정신을 차린 녀석들이 허둥지둥 창을 고쳐 쥐어봐도, 이미 늦었어!

압도적인 공중 기동력을 뽐내듯 그들의 뒤편으로 이동한 우리는 저항할 기회조차 주지 않고 상대를 해치웠다.

"이 짧은 시간 동안 내 동료들을 전부……. 거, 짓, 말…… 완전 쩔어."

마지막 한 마리가 경악에 찬 눈을 치켜뜨더니 천천히 지면을 향해 추락했다.

나는 창을 휘둘러서 날에 묻은 피를 털어냈다.

"일단 전부 쓸어버리긴 했는데……. 어이, 추가 주문은 안 했다고."

공중 부대는 인큐버스 뿐이기를 바랐지만, 현실은 그렇게 녹록지 않았다.

내가 노려본 방향에서는 하피, 만티코어처럼 날개를 지닌 몬스터 무리가 이쪽을 향해 몰려오고 있었다.

"파트너, 처음부터 전력을 다해 쓸어버리자!"

"그오오오오오!"

상대가 눈치채기도 전에 우리는 바람을 가르며 돌격했다.

"하아, 하아, 휴우우우. 어찌어찌 됐네."

상대가 전투태세를 갖추기 전에 기습해서 교란시킨 후에 어떻게든 격퇴했으나 체력을 꽤 소모하고 말았다. 이대로 잠시 쉬고 싶었지만 그럴 때가 아니다.

"다른 녀석들은 어쩌고 있을까?"

하늘을 나는 적이 없는지 확인해본 후 나는 고도를 낮췄다.

상공에서 살펴보니 전황은 나쁘지 않아 보였다.

마왕군은 로리 서큐버스가 퍼뜨린 거짓 정보를 믿는 건지, 밀집 진형을 풀고 부대를 산개시켰다. 게다가 혼란을 틈타 몬스터 중 일부가 액셀 마을과는 반대 방향으로 도망쳤다.

"그런데도 아직 숫자에서 밀리는 거냐. ……어, 저쪽은 꽤 우세한 것 같은걸?"

적진의 동쪽에서 정체불명의 빛이 반짝인 후 조그마한 폭발이 몇 번이나 일어났다.

우선 전황의 확인이 필요하다고 판단한 내가 다가가 보니…… 그곳에서는 일방적인 유린이 펼쳐지고 있었다.

"이 묘한 가면을 쓴 흙 인형은 뭐냐?! 어이, 이 녀석들에게 잡히지 마라! 자폭한다!"

무수한 흙 인형이 전장을 종종걸음으로 뛰어다니며 몬스터를 잡자마자 그대로 폭발을 일으켰다.

"젠장, 괴상한 가면이나 쓴 인형 따위가……! 잡히기 전에 박살을 내버리면 될 거 아냐!"

"멍청한 놈, 하지 마!"

몬스터가 자신의 발치에 접근한 흙 인형을 곤봉으로 후려쳤다. 공격이 명중한 순간, 흙 인형은 그대로 터졌다. 공격을 한 몬스터를 길동무 삼으면서…….

"이 녀석들은 움직임이 느려. 거리를 벌린 후에 멀리서 공격하면……. 차, 차가워! 어, 어이, 걸음을 뗄 수 없어!"

"말도 안 돼, 지면에 발이 붙어버렸잖아! 젠장, 뭐가 어떻게 된 거야?!"

이 자리를 벗어나려던 녀석들이 상반신만 필사적으로 버둥거리고 있었다.

"저건…… 얼음인가?"

넓은 지면이 묘하게 반짝거린다 싶었는데 지면을 뒤덮은 얼음이 햇빛을 반사하는 건가. 그리고 그 얼음이 몬스터의 발과 지면을 접착시킨 것 같았다.

"저런 게 가능한 건…… 그 둘 뿐이겠지."

저 흙 인형은 아마 바닐 나리가 만든 것이리라. 나리는 저번에 저런 인형을 만들어서 동굴을 지키게 한 적이 있다.

지면의 얼음은 위즈의 마법이리라. 현역 모험가 시절에 실력파 아크 위저드였던 그녀는 얼음 마녀라는 거창한 이름으로 불렸다던데, 이 광경을 보니 납득이 됐다.

"위즈가 마법으로 적의 발을 묶고, 나리의 인형이 자폭하는 거구나. 꽤 악랄한 연계 전술이네."

아비규환이 펼쳐진 이 혼란스러운 전장에서, 다들 도망칠 생각뿐이라 하늘에 떠 있는 우리를 발견할 여유가 없었다. 전장에서 조금 떨어진 곳에 있는 바위 뒤편에서 그들을 발견한 나는, 두 사람의 뒤쪽에 착륙했다.

"나리와 위즈는 역시 대단하네."

"어머, 더스트 씨. 이쪽은 저희가 어떻게든 해볼게요. 폭렬마법을 쓰느라 마력을 대량으로 소비한 탓에, 이런 것밖에 못 하지만요."

"음. 좀 아쉬운 느낌이 드는군. 『바닐식 살인광선』으로 쓸어버리면 손쉽겠지만, 정체가 드러나면 성가실 테니까. 하지만 저렇게 허둥대는 몬스터들의 악감정도 나쁘지는 않은걸."

"이쪽은 맡겨도 되지? 그럼 잘 부탁해, 두 사람."

나는 페이트포에 올라탄 후 하늘로 둥실 날아올랐다.

"예, 이쪽은 괜찮아요. 더스트 씨도 조심하세요."

"그대는 아직 죽을 운명이 아니다. 이 몸에게 진 빚을 갚을 때까지, 죽는 것은 허락하지 않겠다."

위즈는 순수하게 나를 걱정해주는 것 같지만, 나리는 멋쩍어…… 하는 것이 아니라 진심 같은걸.

나리는 악마니까, 빚을 진 채로 죽는다면 지옥까지 빚을 받으러 올 것 같다.

애초부터 죽을 생각은 없지만 이렇게 되면 반드시 살아남아야겠네.

저 두 사람에게 이곳을 맡기고 나는 대대적인 격돌이 벌어지고 있는 정문 쪽으로 서둘러 날아갔다.

6

정문 앞에서는 격렬한 싸움이 펼쳐지고 있었다.

고블린과 코볼트, 스켈레톤 같은 조무래기 몬스터가 상대라면 1대 1로 싸우더라도 모험가들이 유리할 것이다.

액셀은 초보자 모험가의 마을이라 불리고 있지만 사실 이 마을에는 무력한 풋내기 모험가가 거의 없다.

특히 남자 모험가는 성장이 빠르다. 그 이유는…… 당연히 서큐버스 가게 덕분이다.

그 흐름을 설명하자면 우선 선배 모험가가 서큐버스 가게를 가르쳐준다. 그곳을 한 번이라도 이용해보면 완전히 매료되고 만다. 그리고 그 가게에 드나들 돈을 벌기 위해 퀘스트를 한다.

그 과정에서 레벨이 쑥쑥 오른 그들은 초보자를 졸업한다.

하지만 서큐버스 가게를 끊지 못한 그들은 이 마을에 계속 남는다.

그 결과, 레벨이 높은 중견 모험가가 양산되는 것이다.

즉, 이 마을의 모험가는 하나같이 실력이 상당하다.

"하지만, 뒤편에 있는 녀석들이 문제네."

적의 전위는 조무래기 몬스터로 이뤄져 있지만 뒤편에는 조무래기라 부를 수 없는 몬스터들로 구성되어 있었다.

검과 갑옷으로 무장한, 좀비의 상위종인 언데드 나이트.

뿔이 달린 거구의 도깨비, 오거.

그리고 숫자는 많지 않아도 바위로 된 인형인 골렘과 머리가 소처럼 생긴 미노타우로스도 있다.

상당한 강적이지만 숫자가 그렇게 많지 않은 것이 그나마 다행이다.

"오크는…… 없네. 하아~."

내 시야 범위 안에는 암컷 오크가 없었기에 가슴을 쓸어내렸다. 그 녀석들과는 절대 싸우고 싶지 않다. 떠올리기만 해도 몸이 떨려서 제대로 싸우지 못할 지경이다.

이대로 전선에서 싸우는 동료들과 합류해도 괜찮지만 화이트 드래곤에 탄 채로 등장했다간 일이 성가실 수도 있다.

내 과거가 들통나는 것보다 큰 문제는 페이트포다.

내가 페이트포를 길들였다는 사실이 알려지면 희소종인 화이트 드래곤을 노리는 쓰레기들이 몰려올 게 틀림없다.

"그런 생각을 할 여유는 없나. 일단 저쪽에라도 내리자."

페이트포를 유도해서 성벽 근처의 숲에 착지시켰다.

나는 인간형으로 돌아온 페이트포를 업은 후 전장으로 돌격했다.

"다들, 이 몸께서 왔다고!"

전투 중인 녀석들을 도우려고 내가 뛰어가자—.

"이 자식, 어디서 농땡이를 피우다 이제 온 거야?! 이럴 때까지 꼭 한심하게 굴어야겠냐?! 이 최악의 인간쓰레기야!"

"실망했다고! 아니, 애초부터 기대를 안 했으니 실망한 건 아닌가?"

"인간 여자가 자기한테 관심을 가져주지 않는다고, 여자 몬스터를 쫓아다니다 이제 나타난 게 분명해. 틀림없어!"

다들 몸 상태는 엉망이지만 입은 기운이 넘쳤다.

이 자식들……. 내가 너희 몰래 얼마나 힘썼는지 알면 놀라자빠질 거면서…….

"내가 얼마나 고생했는지도 모르면서, 멋대로 떠들어대지 말라고!"

"대체 어떤 고생을 했는지 어디 이야기해봐! 어차피 거짓 말이겠지만 말이야! 우리는 지금 바쁘니까, 열 문자 이내로 알기 쉽고 간결하게 말해! 빨리 말해보라고!"

"그래! 사실을 말했다가 우리 손에 죽을지, 거짓말을 한 대가로 미끼 삼아 적진에 내던져질지, 빨리 골라!"

"어느 쪽을 고르든 죽는 건 마찬가지네!"

몬스터와 싸우기 전에 이 녀석들부터 공격할까……

내가 창을 쥔 채 부들부들 떨고 있을 때 누군가가 내 어깨에 손을 얹었다.

"열받지 말라고, 더스트."

"우리는 네가 최선을 다하고 있다는 걸 알아. 그걸로 충분하잖아?"

"정체가 들통나는 건 싫지? 수고했어. 일은 잘 풀렸어?"

뒤를 돌아보니 동료들이 미소 지으며 내 노고를 치하했다.

……동료들만은 알아주니까, 그걸로 됐나.

"하아~ 이러쿵저러쿵할 시간이 없어. 자세한 건 저 녀석들을 쓸어버린 후에 설명해도 되지?"

"그래."

"그러면 돼."

"괜히 각색하지는 마."

동료들의 양해를 얻은 후 나는 선두에 서서 동료들을 이끌며 최전선에 뛰어들었다.

우리가 돌진하자 모험가들이 길을 비켜줬다.

가장 가까운 곳에 있는 적은 두 발로 걷는 개의 모습을 한 몬스터, 코볼트 무리인가.

우선 테일러가 방패를 든 상태에서 적이 밀집한 지역에 돌진했다.

"우오오오오오! 네놈들의 적은 여기 있다!"

손에 쥔 검으로 방패를 때려서 스킬《디코이》로 적의 이목을 끌었다.

"흥, 이쪽이 텅텅 비었다고!"

그 틈에 내가 적의 측면으로 돌아서 들어간 후 무방비한 적의 옆구리에 창을 찔러넣었다.

그제야 내 존재를 눈치챈 코볼트 몇 마리가 내 등 뒤에서 달려들었지만 돌아볼 필요조차 없다.

쉬잇 하고 바람 가르는 소리가 내 귓가를 스치며 지나가더니 등 뒤의 코볼트들이 쓰러졌다.

"너희만 폼 잡게 둘 수는 없지."

활을 쏘기 위해 한쪽 무릎을 꿇은 상태인 키스가 앞 머리카락을 쓸어넘겼다. 폼 잡는다고 저러는 것 같았다.

코볼트 무리는 우리가 만만치 않다고 여긴 건지 「커엉」 하고 짖으면서 전방에 모여든 후에 손에 쥔 무기를 치켜들며 일제히 돌격했다.

"좋아, 노리던 대로 됐어. 『파이어볼』!!!"

그곳으로 린의 마법이 작렬했다.

폭음과 홍련의 불꽃이 휘몰아치더니 살이 타들어가는 냄

새가 감돌았다.

방금 일격으로 대충 열 마리 정도는 해치웠다.

내 동료들은 카즈마의 파티처럼 그 누구에게도 뒤지지 않는 뛰어난 능력을 지닌 건 아니다.

하지만 이제까지 함께하며 쌓은 신뢰와 팀워크가 있다. 게다가 테일러와 키스와 린은 처음 만났던 시절의 그들이 아니다. 우리는 함께 성장한 것이다.

"오오, 꽤 하잖아. 우리도 질 수는 없지!"

"더스트보다 활약을 못 했다간, 나중에 무슨 소리를 들을지 모르잖아! 다들, 마음 단단히 먹고 싸우라고!"

"더스트 일행보다 더 활약해주겠어! 안 그러면 포상을 못 받을 거야!"

우리의 활약에 자극을 받은 모험가들이 마왕군을 밀어붙였다.

"인간 따위가 기어오르지 마라! 이런 마을의 풋내기 모험가들 상대로 고전할 수는 없단 말이다!"

우리의 공세에 당황한 건지, 언데드 나이트가 검을 휘두르며 그렇게 외쳤다. 그 개체는 다른 녀석들에 비해 체격이 컸고 장비품도 고급스러워 보였다.

언데드 나이트란 간단히 말해 좀비의 상위 호환이다.

언데드들에게 둘러싸여 있는 것을 보면 저 녀석이 전선 지휘관일 것이다.

"왕도 방어전에 참가하지도 못한 어중간한 모험가들이 건방지게 저항하지 마라! 내 주인인 베르디아 님의 원한을 이 자리에서 풀어주마!"

지금, 베르디아라고 말했지?

그 이름은 귀에 익었다. 일전에 이 마을을 습격한 마왕군 간부인 둘라한이다. 이 마을 변두리의 낡은 성에 살다가 폭렬걸에게 괴롭힘을 당해서 발끈한 녀석이다.

마지막 순간에는 아쿠아 누님에게 정화 당했던가.

"어이, 거기 너! 고급 좀비."

"나를 좀비 따위로 취급하지 마라!"

내 목소리가 들린 건지 그 녀석은 그렇게 대꾸했다.

언데드라서 표정을 확인할 수는 없지만 투구 안에 존재하는 생기 없는 눈이 나를 주시했다.

이곳의 지휘관으로 보이는 저 녀석을 해치우면 지휘 계통이 더욱 혼란에 빠질 것이다. 하지만 다른 언데드 무리가 거추장스러웠다.

해치워버리기에는 숫자가 압도적일 정도로 많아서 저걸 어찌 하는 건 꽤 힘들겠는걸. 그렇다면 저 녀석을 이쪽으로 오게 만들 수밖에 없나…….

"나에게 무슨 볼일이 있는 거냐? 생에 얽매여 있는 가련한 존재여."

이 언데드, 되게 거만하네.

"잘난 척 가련하니 뭐니 같은 소리를 늘어놓지만, 언데드인 너도 원래는 인간이었을 거 아냐."

"그렇다. 원래는 네놈들처럼 가련한 존재였지. 하지만 나는 언데드로 다시 태어나면서, 무능한 인간의 탈을 벗어 던졌다. 모든 욕망에서 해방된 고귀한 존재, 그것이 바로 우리다."

썩은 시체 따위가 건방진 소리를 늘어놓아서 짜증이 치솟았지만 저 자존심을 잘 이용하면 내가 원하는 대로 될 것 같았다.

"잘나신 언데드 양반, 하나 물어볼 게 있는데…….. 욕망이 없다는 건, 성욕도 없는 거지? 아니, 애초에 좀비가 되면 거기가 서긴 해? 아, 썩어서 떨어졌으려나? 괜한 소리해서 미안한걸. 아하하하하하!"

"그만해, 더스트. 언데드는 야한 짓도, 밥도, 수면도 필요 없다고. 대체 무슨 보람으로 사는 걸까? 아! 미안해. 그러고 보니 이미 죽었지? 푸하하하하!"

내가 뭘 하려는 건지 눈치챈 키스가, 나와 함께 저 녀석을 마구 놀려댄 후 배를 잡고 바닥을 굴러다니며 웃어댔다.

"……욕망에 점철된 속물들아. 이렇게 비천하고 흉측한 인간이 사는 마을의 모험가 따위가 내 주군을 해한 건가. 정말 원통하셨을 테지. 부하들이여. 저 저열한 인간들을 해치우라."

저 녀석은 꽤 열받았는데도 지시만 내릴 뿐 직접 나서지는 않았다.

언데드라서 안색은 알 수 없지만 언동으로 볼 때 이제 거의 다 넘어온 것 같았다.

"안전한 장소에서 잘난 척 떠들어대기만 하는 걸 보면, 되게 겁 먹었나 보네. 사나이면 선두에 서서 싸우라고. 아, 역시 됐어. 그냥 다가오지 마. 너한테서는 코가 삐뚤어질 정도로 악취가 나거든. 린, 안 그래?"

린은 내가 갑자기 말을 건넨 바람에 놀랐지만 고개를 끄덕이는 나를 보고 의도를 눈치챈 것 같았다. 고개를 약간 갸웃거리더니 잠시 눈을 감았다 뜨고 입을 열었다.

"몬스터한테도 자기관리는 중요하거든? 보아하니 부하를 둔 상사 같은데, 그럼 더 신경을 써야 하지 않을까? 냄새 괴롭힘이라는 말, 들어본 적 있어?"

"쩌거, 냄새 나. 고야캐."

린과 페이트포가 코를 움켜쥐고 노골적으로 인상을 찡그렸다.

"냄새 좀 난다고 너무 그러지 마. 언데드니까 썩은내가 날 수밖에 없어. 동료가 실례했군. 대신 사과하지."

테일러가 두 사람을 말리면서 정중히 사과한 것이 더 와닿은 건지, 언데드 나이트는 몸이 휘청댈 정도로 비틀거렸다.

"나, 나와 부하들은 언데드다. 그래서 후각이 없지! 그런 걸 신경 쓰는 녀석은 없다!"

"아~. 그래서 너희 부대는 이렇게 고립되어 있는 거구나. 이렇게 악취가 나면 다른 부대가 다가가고 싶지 않을 거야. 어이, 너희도 그렇게 생각하지?"

아까까지 싸우고 있었던 코볼트들에게 말을 건네자, 다들 코를 움켜쥔 채 고개를 돌리며 거리를 벌렸다.

그 행동만으로도 그들이 하고 싶은 말이 뭔지 여실히 알 수 있었다. 코볼트는 갯과여서 후각이 뛰어나다. 그래서 이 썩은 내를 견딜 수 없는 것이리라.

그 반응을 본 언데드 나이트는 그 자리에서 무릎을 꿇었다.

"마왕군에 속한 다른 종족이 우리를 멀리한다는 느낌을 받은 적이 몇 번 있지만, 그때마다 기분 탓이라고 여겼다. 하지만 설마, 이 악취가 원인이었을 줄이야! 코볼트와는 친해질 수 없는 건가! 생전에는 저택에서 개를 몇 마리나 키웠는데……!"

예상보다 큰 정신적 대미지를 받은 것 같았다.

"좀 불쌍해 보이네. 더스트, 사과를 하는 게 어때?"

"으, 응. 그래. 너무 신경 쓰지 마. 저기…… 뭐냐. 몸은 썩었어도 마음은 썩지 말라고."

내가 상냥한 어조로 위로하자 언데드 나이트가 아무 말 없이 몸을 일으켰다.

"크하하하하아아아앗! 인간 따위가 이렇게까지 나를 우롱할 줄이야……. 내 손으로 직접 네놈들의 숨통을 끊어주마!"

언데드 나이트가 검을 수평으로 휘둘렀고 다른 언데드들이 아무 말 없이 양옆으로 물러났다. 그러자 우리와 언데드 나이트 사이에 길이 생겼다.

"자, 나를 우롱한 자들이여. 어디 덤벼봐라. 아니면 생을 포기하며 내 앞에서 고개를 조아려라. 만약 맞설 거라면 죽을힘을 다해 저항해라."

"1대 4인가. 흥, 얕보지 말라고. 나중에 후회하지나 마."

도발에 걸려든 멍청이가 어슬렁어슬렁 다가왔다.

"얕보고 있는 건 네놈이다. 어린애를 업고 전장에 서다니, 제정신이 아니구나. 그 애만이라도 피난시키도록 해라."

"되게 상냥하네. 하지만 쓸데없는 배려야. 너 따위한테 생채기 하나 입을 리 없잖아. 아~ 맞다. 졌을 때의 변명거리가 필요하니 만전의 상태로 덤비라는 의미인 거야?"

"더스트~. 분위기 파악 좀 해. 어린애를 업은 모험가한테 지면 부끄러우니까, 저렇게 빙빙 돌려서 부탁하는 거야."

"역시 그런 거구나. 미안하게 됐어. 그럼 빨리 내려야……."

내가 버둥거리는 페이트포를 내리는 시늉을 하고 있을 때 언데드 나이트가 검을 지면에 꽂았다.

"됐다! 그대로 덤벼라. 다시는 건방진 소리를 늘어놓지 못하게 만들어주지. 베르디아 님께서도 인정해주셨던 내 검술을, 네놈의 몸으로 직접 맛봐라."

어이쿠, 진짜로 열 받았나 보네. 언데드가 아니었다면 얼굴이 시뻘게졌을지도 모르겠는걸.

"다들, 이제부터는 진심 모드야. 이곳의 지휘관 같아 보이는 저 녀석은 상당한 실력자겠지. 그러니 해치우면 전황이 유리해질 게 분명해. 전력으로 박살을 내주자고."

"마덥써 보여."

"말 안 해도 알아. 이렇게 관객이 많잖아. 주목을 모으기 딱 좋은 무대라고."

"방어라면 나에게 맡겨. 너희는 공격에 집중해."

"내 마법에 휘말리지는 마."

내 동료들은 태연하게 대꾸했다.

평소와 다름없는 어조였으며 딱히 부담을 느끼는 것 같지도 않았다. 정말 믿음직한 녀석들이다.

다른 모험가는 적이 이쪽으로 오지 못하도록 필사적으로 막고 있다. 저 녀석들을 위해서라도 빨리 해치우자고. 나와 테일러가 나란히 서면서 앞으로 나섰다.

언데드 나이트의 무기는 대검이고 방패는 장비하지 않았다.

우선 테일러가 방패를 치켜들고 살금살금 접근했다. 나는 그 뒤편에서 상대가 어떻게 나오는지 살폈다.

"부질없는 짓이다!"

언데드 나이트가 대검을 수평으로 휘두르자 테일러는 방패로 막아냈다. 상대가 움직임을 멈춘 지금이 기회라고 판단해서 달려들려고 했지만 내 눈앞에 있던 거구가 시야에서 사라졌다.

"크으으으윽!"

테일러는 신음을 흘리면서 방패를 쥔 채로 지면 위를 미끄러졌다. 방금 그 일격에 튕겨 나간 건가. 유심히 보니 방패의 표면이 심하게 구겨져 있었고 금도 간 상태였다.

"괜찮아?!"

"그래, 멀쩡해. 하지만 저 엄청난 힘은 범상치 않은걸."

인간과 좀비의 차이점은 여러 가지인데 대표적인 것을 꼽자면 고통을 느끼지 못한다, 힘이 강해진다, 악취가 난다 정도였다.

생전에도 상당한 괴력의 소유자였는데 언데드가 되면서 그 힘이 더욱 강화된 건가.

"좀 더 힘내보라고, 『저격』!"

키스가 날린 화살이 상대방의 안면으로 날아갔지만 명중하기 직전에 대검의 옆면에 막혔다.

이어서 화살 세 방을 더 날렸지만 전부 막혔다.

"언데드라면 불에 약할 거야. 『파이어볼』!"

린의 마법이 명중해서 언데드 나이트가 불길에 휩싸였지만 아무렇지도 않게 그 불길 속에서 모습을 드러냈다.

"적당히 따뜻한 정도군. 그 정도 위력으로는 나를 불태울 수 없다."

마법 내성도 지닌 거냐.

"하지만 생각했던 것보다 강하구나. 초보자 모험가의 마을이라고 들어서 이 정도 전력은 필요 없을 거라 여겼는데, 그 생각을 바꿔야겠군."

"그럼 일단 후퇴하고, 전력을 보강해서 다시 쳐들어오는 게 어때?"

"매력적인 제안이지만, 마왕군의 주력 대부분은 마왕님의 따님과 함께 베르제르그 왕국의 왕도로 침공 중이지. 그래서 전력을 확보하기 어려운 상황이다."

리오노르 공주가 가르쳐줬던 정보는 사실인 것 같았다.

방금 들은 것 중에서 솔깃한 정보를 꼽자면 적의 증원은 없을 거라는 부분이었다. 눈앞에 있는 대군을 격퇴하기만 하면 된다. 단순해서 좋은걸.

"게다가 물러서지 못할 이유가 하나 더 있지. 마왕군 간부 중 다수가 당해서 공석이 생겼으니, 이곳에서 공적을 세운다면 그 자리를 차지하는 것도 꿈이 아니다. 베르디아 님과 같은 지위…… 아니, 지위가 같아진다면 그냥 베르디아라고 불러도 되겠지. 크하하하하!"

이마를 짚으며 상체를 젖힌 언데드 나이트가 아까까지 존경한다고 말했던 상사를 비웃었다.

……그렇게 잘난 척을 해댔으면서 태도가 싹 바뀌었잖아.

"이 자식, 인간을 욕망에 점철된 속물이라고 말한 네놈도 출세욕에 사로잡혀 있잖아!"

"닥쳐라! 인간의 3대 욕구를 잃은 언데드의 심정을 네놈이 아느냐?! 그게 서지도 않고, 미각도 없으며, 잠도 잘 수없다. 그런 내가 하다못해 출세를 바라는 게 뭐가 잘못됐다는 것이냐!"

평소 울분이 쌓이고 쌓였던 건지, 본심을 저렇게 털어놓는 모습이 안타깝기 그지없었다.

그리고 언데드들은 다들 같은 생각인 건지, 주위에 있는좀비와 스켈레톤들이 연거푸 고개를 끄덕였다. 언데드의 세계에도 고뇌는 존재하는 것 같았다.

"거 되게 뻔뻔하게 구네. ……하지만 그런 면은 그다지 싫지않은걸. 욕망이 없는 성인군자보다 인간미가 있어서 좋아."

"네놈…… 생각보다 말이 통하는 인간 같구나. 이런 식으로 만난 게 아니라면, 친구가 될 수 있었을지도 모르겠군."

"그래. 그럴지도 몰라. 같이 한잔하고 싶네."

나와 언데드 나이트는 서로를 응시하며 멋쩍은 듯이 코를훔쳤다.

우리가 그렇게 화기애애한 분위기를 연출하고 있을 때 내뒤통수에 충격이 가해졌다.

"아얏! 갑자기 뭐 하는 거야?!"

뒤를 돌아보니 내 뒤통수를 향해 지팡이를 휘두른 린의모습이 눈에 들어왔다.

"둘이서 뭘 그렇게 쑥덕대고 있는 거야. 쓰러뜨리기 힘든 분위기 좀 연출하지 말아 주겠어? 너도 마왕군의 높으신 분 같은데, 좀 똑바로 행동하지 그래?"

""잘못했습니다.""

나와 언데드 나이트가 한목소리로 그렇게 말했다.

"꾸중 들었으니 어쩔 수 없지. 어이, 한판 붙자고."

"서로의 입장을 잊을 뻔했지만, 붙어보도록 할까."

우리는 그렇게 말하고 다시 전투태세를 취했다.

상대는 대검을 머리 위로 치켜들었고 나는 몸을 살짝 숙이면서 가늘게 숨을 내쉬었다.

적과 아군이 마른 침을 삼키며 지켜보는 가운데, 먼저 움직인 사람은 나였다.

한 걸음 내디디면서 상대의 대검이 닿지 않는 거리에서 창으로 찌르기를 날린다.

돌진의 기세, 속도, 위력, 전부 나무랄 데 없는 일격이다. 번개처럼 눈에 보이지 않는 속도로 내지른 내 창끝은……

언데드 나이트의 복부에 깊숙이 박혔다.

"더스트가 이겼어! 저 녀석, 꽤 하잖아!"

동료와 모험가들이 환성을 질렀지만 나는 답할 수가 없었다.

내가 내지른 창을 부여잡은 언데드 나이트가 내 눈을 응시했기 때문이다.

"꽤 하는군. 내가 인간이었다면 이대로 결판이 났을 거다!"

"일부러 앞으로 나서서 내 창에 꿰뚫린 거냐!"

상대의 술수에 걸려든 것을 후회할 겨를도 없이, 대검이 내 정수리를 향해 휘둘러졌다.

창을 놓고 뒤편으로 몸을 날리기엔 이미 늦었다.

"더스트!!"

린의 비명이 울려 퍼지고 다들 최악의 전개를 예상하며 눈을 돌린 바로 그때였다.

"지금이야, 페이트포."

"응."

페이트포가 내 어깨에 턱을 얹은 뒤 입을 크게 벌려서 입밖으로 화염을 뿜었다.

근거리에서 맹렬한 화염을 뒤집어쓴 언데드 나이트가 그대로 나가떨어졌다.

"우오오오오오! 불길이이이이이이!"

"편하게 해주지."

언데드 나이트의 몸에 꽂힌 창을 옆으로 휘둘러 복부를 가른 후 그대로 상대의 목을 쳤다.

불꽃에 휩싸인 머리가 지면에 굴러떨어지고 부하인 언데드의 발에 부딪혔다.

그러자 주위에 있던 언데드들이 움직임을 멈췄다. 역시 언데드를 지휘한 것은 바로 이 녀석이었나.

"유감인걸. 내 파트너를 얕본 것이 네 패인이야."

……페이트포가 인간 형태일 때도 불을 뿜을 수 있다는

건 최근에 알았지만, 그 점은 밝히지 말자.

나는 창을 하늘로 치켜들어 승리를 어필했다.

그것을 신호 삼듯 엄청난 함성이 들려……오지는 않았다.

정적이 주위를 감싸고 있었다. 방금까지 싸우고 있던 녀석들이 움직임을 멈춘 채 나를 지그시 쳐다봤다.

왜 저런 눈빛으로 쳐다보는 거지?

"……더스트가 당하는 줄 알았는데, 적이 갑자기 불길에 휩싸였어."

"응. 왜 갑자기 불타버린 걸까? 더스트가 또 약은 수를 쓴 거 아냐?"

"업고 있는 어린애가 꼼지락거린 순간, 적이 불길에 휩싸인 것 같았는데…… 으음."

다들 미심쩍은 눈길로 나를 쳐다보았다.

큰일 났다. 페이트포가 불을 뿜는 장면을 똑똑히 본 녀석은 없는 것 같지만 다들 의심하고 있어. 페이트포의 정체가 밝혀지면 안 되는데 뭐라고 둘러대지?

돌발적 발화 현상을 설명할 그럴듯한 이유……. 그런 게 있긴 할까?

"어이, 더스트. 아까 네가 업은 어린애가 불을―"

"휴우~! 절묘한 타이밍에 마법이 발동했네~! 타이밍 한 번 끝내줬지? 고마워해, 더스트. 내 마법 덕분에 목숨을 건진 거니까. 이야~ 내가 생각해도 정말 끝내주는 일격이었어. 응, 나도 할 때는 하는 애라니깐."

모험가의 질문을 끊으며 끼어든 이는 바로 린이었다.

말을 빨리 늘어놔서 상대방에게 반론할 여지를 주지 않는 작전일까.

"어, 하지만, 아까 저 여자애가……."

"지금은 잡담이나 할 때가 아니잖아. 움직이지 못하는 언데드를 섬멸하자. 자, 서둘러!"

"그, 그래!"

린이 억지로 이야기를 끊고 지시를 내리자 모험가들은 명령 계통을 잃은 탓에 멍하니 서 있기만 하는 언데드들에게 달려들었다.

이걸로 이 일대는 정리가 되겠지.

"린, 덕분에 살았어."

"평소에는 그렇게 거짓말을 잘하면서, 이럴 때 동요하지 좀 마. 정말, 내가 없으면 아무것도 못 한다니깐."

"그런 것 같아. 앞으로도 잘 부탁해."

"나만 믿어."

린은 힘차게 자신의 가슴을 두드리고 기쁜 듯이 웃었다.

그 미소를 넋 놓고 쳐다보던 나는 머리를 물렸다.

"어이! 하지 마, 페이트포! 내 머리는 먹어봤자 맛없어! 야, 씹지 말란 말이야! 대머리가 되면 어쩌려고 그래!"

"더스뜨, 뽀졍이 찔찔마자."

나는 타액으로 범벅이 된 머리에서 페이트포를 떼어냈다.

치아를 딱딱 부딪치며 더 물어뜯고 싶다는 어필을 하는 페이트포의 입에 휴대용 식량을 집어넣었다. 식량을 우물우물 씹어먹는 동안에는 얌전히 있을 것이다.

"이제 남은 적을 소탕한 다음, 적의 본진에—."

"이, 이 자식들, 뭐야?! 갑자기 달리기 시작했어!"

"어, 잠깐만! 저놈들이 마을로 향하고 있어! 누가 막아!"

"젠장, 다른 녀석들이 방해해!"

완전히 마음을 놓은 순간, 비명과 고함이 들려왔다.

목소리가 들린 방향을 쳐다보니 언데드 중 일부가 마을 안으로 쏟아져 들어가고 있었다. 그뿐만 아니라 오거 무리도 언데드 사이에 섞여서 마을 안으로 침입했다.

"젠장, 아까 그 녀석을 해치우면 움직이지 못하는 거 아니었냐고."

"크크큭. 방심했구나, 인간들이여."

"이 목소리는……?!"

땅속에서 흘러나오는 듯한 그 목소리는 귀에 익었다.

목소리가 들린 방향을 유심히 관찰하니, 목소리는 지면을 굴러다니는 언데드 나이트의 머리에서 흘러나오고 있었다.

"내 죽은 시늉에 속아 넘어가다니, 어리석은 놈들이구나. 사실 나는 언데드 나이트가 아니라, 듈라한이다! 그래서, 목이 잘려도 아무런 문제도 없지!"

"뭐라고? 깜빡 속았는걸."

"네놈들의 놀라는 모습은 정말 우스웠다. 뭐, 나를 쓰러뜨렸더라도 언데드는 본능에 따라 폭주했을 테지. ……저기, 뭘 하려는 거냐?"

나는 아무 말 없이 그 머리 앞으로 이동한 후 창을 치켜들었다.

"뻔하잖아. 조용히 죽은 척했으면 됐는데, 괜히 우리를 조롱해서 화를 자초한 수다쟁이 머리의 숨통을 끊어주려는 거야."

"아, 저기, 말이다. 저항조차 할 수 없는 불쌍한 머리를 공격하는 건, 인권적으로 좀 그렇지 않을까 싶은데……."

"시체에는 인권이 없어!"

짜증나는 머리가 떠들지 못하게 된 건 좋지만 마을에 들어간 녀석들을 내버려 둘 수는 없지.

제 3 장

저 이야기에 마침표를!

1

다른 모험가와 동료들은 남은 적을 상대하느라 꼼짝도 할 수 없다. 그렇다면 내가 갈 수밖에 없다!

"여기를 부탁해! 나는 마을에 들어간 녀석들을 쫓겠어!"

"그래, 가봐! 여기는 반드시 사수하지!"

"예쁜 누님은 꼭 지키라고!"

"빨리 정리하고 돌아와!"

동료들에게 격려를 받으며 나는 액셀 마을로 뛰어 들어갔다.

부상자를 옮기기 위해 열어둔 정문의 틈으로 적들이 침입한 건지, 문 주위에는 병사들이 쓰러져 있었다.

"어이, 괜찮아?"

"그, 그래. 여기는 괜찮으니까, 빨리 몬스터를 쫓아가! 그 녀석들은 두 무리로 나뉘었어. 하나는 모험가 길드로……. 다 다른 하나는 부유층이 사는 구역으로……. 쿨럭쿨럭…… 커억!"

병사는 말하던 도중에 기침을 하더니 입으로 대량의 피를 토했다.

내장이 손상된 걸까. 출혈량으로 볼 때 목숨을 부지하기는 힘들 것이다.

"더는 말하지 마!"

"걱정하지 마. 이건 긴장을 풀려고 아까 몰래 마신 와인이야."

좋아, 내버려 두자.

나는 이 병사를 내버려 두고 몬스터를 쫓기로 마음먹었다. 하지만 어느 쪽을 쫓아야 할까.

가까운 건…… 모험가 길드인가. 그곳에는 부상을 당한 모험가가 있을 것이다.

부상자들은 공격을 받으면 잠시도 버티지 못한다. 하지만 다른 한쪽을 내버려 둘 수도 없다.

"페이트포, 부탁이 있어."

"머야? 데스쁘."

나는 포대기끈을 푼 후 업고 있던 페이트포를 내려놨다.

"나는 이쪽으로 간 몬스터를 쫓을 테니까, 너는 저쪽으로 간 몬스터를 쫓아. 드래곤으로 되돌아가도 되니까, 이 마을 사람들을 지켜주지 않겠어?"

"응, 아라써."

나는 고개를 두 번 끄덕인 페이트포의 머리를 쓰다듬어줬다.

인간의 모습으로는 몬스터를 따라잡는 게 불가능할 것이다. 화이트 드래곤의 소문이 또 퍼져나갈 테지만 이 상황에서는 어쩔 수 없다.

"어, 더스트 씨. 이런 데서 뭘 하고……."

갑자기 들려온 목소리에 고개를 들어보니, 사복 차림에 얼굴 전체를 가리는 투구를 쓴 수상한 남자가 백마를 타고 있었다.

이 녀석은 내 투구를 사서 지금도 저렇게 쓰고 다니는 괴짜 귀족이다. 나는 마음속으로 투구 자식이라고 부른다.

"혹시, 저 여자애는…… 설마, 더스트 씨의 딸인가요?!"

"아냐! 그런 이야기를 할 때가 아니라고. 저기, 부탁 하나만 들어주지 않겠어?"

"예, 좋습니다!"

내용도 들어보지 않고 즉시 그렇게 답했다.

시간 낭비 안 해서 다행이니 태클은 날리지 않겠어.

"이 녀석을 태우고, 몬스터를 쫓아가! 그리고, 그 후에 본 것은 아무한테도 말하지 말라고!"

"둘만의 비밀인 거군요! 절대 발설하지 않겠어요. 무덤까지 가지고 가겠습니다!"

"그, 그래? 고마워."

저 녀석의 의미심장한 콧김이 신경 쓰이지만 그건 일단 무시하자.

나는 마음을 다잡은 후 멀어져 가는 백마와 정반대 쪽으로 전력 질주를 했다.

모험가 길드의 문은 완전히 파괴되어 있었고 안에서 비명이 흘러나왔다.

최악의 광경이 머릿속에 어른거렸지만 나는 그것을 떨치면서 길드로 뛰어 들어갔다.

"다들, 아직 살아……있……어?"

그 순간, 눈에 들어온 광경 때문에 머릿속이 혼란스러워진 나는 사고회로가 일시 정지 상태가 됐다.

오거 무리와 부상을 당한 모험가가 서로를 견제하는 건 이해가 된다.

하지만 왜 이 녀석들은 바닐 나리를 사이에 두고 눈싸움을 벌이고 있는 거지?

"젠장, 길드가 박살나게 둘 수는 없어! 길드와 직원만은 반드시 지켜내자!"

"그래! 애초부터 그럴 작정이었다고!"

모험가들은 등 뒤에 있는 길드 직원을 감싸며 무기를 들었다.

아직 상처가 아물지도 않았는데 모험가들은 도망치기는커녕 몬스터들과 맞서 싸우려 했다.

"여러분, 저희를 위해……. 항상 사고만 치고 뒤처리를 우리에게 맡기거나, 의뢰료가 싸면 별의별 트집을 잡거나, 술기운에 꼬시려고 하는 것 같은 민폐 행위를 해대면서도 저희를 지켜주는군요. 혼기를 놓치기는 했지만, 길드 접수처 일을 해서 정말 다행이에요."

모험가의 헌신적인 태도를 본 루나와 다른 직원들이 감동의 눈물을 흘렸다.

"너희를 반드시 지켜내겠어. 안 그러면 돈을 못 받잖아!"

"예?"

"이렇게 다쳐가며 힘냈는데, 보수를 못 받는 게 말이 되냐고! 이곳이 박살나면 내일 술 마실 돈도 없어!"

"…………."

모험가들의 본심을 들은 길드 직원들의 얼굴에서 표정이 사라졌다.

마음에도 없는 소리를 늘어놓는 것보다 낫다고 생각하는데 말이야.

"흥. 의욕만은 인정해주겠지만, 부상을 입은 네놈들이 오거 무리를 이길 수 있을 것 같으냐?"

오거 무리 중에서도 거구인 개체가 앞으로 한 걸음 나서며 코웃음을 쳤다.

아무래도 저 녀석이 무리의 리더 같았다.

오거는 고블린 같은 조무래기와 달리 호전적이고 꽤 강력한 몬스터다.

적어도 저 레벨 모험가가 정면승부를 펼쳐서 이길 수 있는 상대는 아니다.

"확실히 부상을 당한 우리는 너희를 당해낼 수 없을지도 몰라. 하지만 말이다. 그래도 남자는 물러설 수 없을 때가 있다고!"

"우리는 여자지만 말이야."

모험가들은 고개를 끄덕이고 이기지 못한다는 것을 알면서도 도망치지 않았다.

……언뜻 보면 멋져 보이지만 아까부터 이야기를 늘어놓으며 바닐 나리를 힐끔힐끔 쳐다봤다.

오거도 전의를 불태우면서 아직 나서지 않는 건 나리가 이 자리에 있기 때문이리라. 그들 또한 나리를 몇 번이나 힐끔힐끔 쳐다보았다.

주목의 대상인 바닐 나리는 이 일과 자기는 상관없다는 듯이 테이블과 의자를 가져다 두고 앉더니 우아하게 차를 홀짝였다.

그건 그렇고, 나리는 몸이 흙으로 되어 있는데도 음식물 섭취가 가능한 건가?

"저기~ 바닐 씨. 상황이 여의치 않아서 그러는데, 몬스터와의 싸움을 좀 도와주시면 정말 감사하겠는데요."

"흠, 이 몸과 상담할 일이 있는 건가."

나리는 어딘가에서 수정구슬을 꺼낸 뒤 테이블 위에 세팅했다.

"상담소에 잘 왔다, 길 잃은 모험가여. 그 어떤 고민이든 점으로 다 해결해주마."

이 상황에서 상담소 영업을 시작했다!

평소의 나리는 길드 구석에 상담소를 차리고, 고민을 점괘…… 아니, 엄청나게 잘 들어맞는 예언으로 해결해줬다.

그건 알고 있지만, 이 상황에서도 그걸 하는 건가.

"저, 저기~. 점보다는 몬스터의 격퇴를 도와줬으면 하는데요."

"멈춰라! 보아하니 전직 마왕군 간부이신 바닐 님이시군요! 인간의 마을에서 뭘 하고 계신 겁니까?!"

갑자기 정중한 말투로 그렇게 말하며 바닐 나리에게 다가간 이는 오거 무리의 리더인가.

저 녀석은 나리에 관해 아는 것 같았다. 그것보다…… 방금 발언은 문제가 되는 거 아냐? 전직 마왕군 간부인 게 알려졌다간 소동이—.

"아, 역시 마왕군 간부였구나."

"게시판에 초상화와 상금 액수가 적혀 있었잖아. 그거 봐, 진짜로 맞지?"

"저렇게 눈에 띄는 가면을 쓴 데다 캐릭터도 특이하니까, 못 알아보는 게 이상할걸?"

전혀 놀라지 않은 것 같네.

다들 당황하기는커녕 납득한 것 같았다.

"흠. 이 몸은 현재 마도구점에서 일하는 별 볼 일 없는 점원 중 한 명에 지나지 않지. 자, 팔다 남은 재고를 하나 사 주지 않겠나?"

"필요 없습니다! 전직 마왕군 간부가 왜 마도구점에서 일 하고 있는 거죠?! 급료도 넉넉하게 드렸잖습니까!"

마왕군에서는 급료도 나오는 건가.

"되게 시끄러운 녀석이군. 이 몸은 전직, 간부다. 지금은 계약에서 해방된 자유의 몸이지. 그러니까 그런 소리를 들 을 이유는 없다. 점을 보지 않을 거면, 장사를 방해하지 말 고 꺼져라."

바닐이 해충을 쫓듯 손을 내젓자 오거는 어쩔 수 없이 입 을 다물었다.

그 모습을 본 모험가 한 명이 급히 바닐 나리 앞에 섰다.

"바닐 씨, 이 싸움에서 이길 방법을 점쳐주지 않겠어요?"

"길 잃은 손님이라면 이야기는 달라지지. 특별 할인가로 그대의 소원이 이뤄지는 미래를 점쳐주마. ……호오, 이런이 런, 점에 따르면 강력한 악마를 유료로 고용하면 된다고 나 오는구나."

그 악마라면 분명 나리를 말하는 거겠지.

상담을 한 모험가도 그것을 이해한 건지 테이블 너머로 몸을 쑥 내밀고 나리에게 물었다.

"그 사람을 고용하려면 얼마가 필요한가요?"

"잠깐! 돈이 필요하다면 내겠다! 10만 에리스로 어때?!"

큰 목소리로 그렇게 말하며 끼어든 이는 오거였다.

"인마, 방해하지 마! 그럼 이쪽은 20만을 내겠어!"

"30만이면 어때?!"

"40만, 아니, 45만!"

"너희 지금 얼마나 가지고 있어?! 가진 돈을 전부 내놔!"

바닐 나리 고용 경매가 시작됐다.

점점 가격이 상승했다. 나도 참가하고 싶지만 나리를 고용할 돈은 없다. 아니, 나리에게 진 빚도 아직 못 갚았다.

지금은 그냥 지켜볼 수밖에 없나.

"70만 1천 에리스!"

"그럼 70만 1천 50에리스!"

양쪽 다 남은 돈이 얼마 안 되는지 올리는 금액이 쪼잔해지고 있었다.

"천만."

"""어."""

자릿수가 다른 금액이 들린 것 같은데?

"천만 에리스라고 말했어요."

바닐 나리의 앞에 선 이는 길드 접수처 직원인 루나였다.

"그대, 제정신인가?"

"예. 길드의 금고에 있는 천만 에리스로 바닐 씨를 고용하겠어요."

뜻밖의 전개가 펼쳐지자 길드 안에서는 정적이 감돌았다.

루나가 진지한 표정으로 쳐다보자 바닐 나리는 그런 그녀를 재미있다는 듯이 쳐다봤다.

　"홋, 후하하하하! 마음에 들었다. 마음에 들었어. 좀처럼 인연을 만나지 못하는 인간 계집이여! 천만에 그대에게 고용되어 주마!"

　"감사해요, 바닐 씨. 그럼 지금 바로, 이 몬스터들의 토벌을 의뢰해도 될까요?"

　루나는 미소를 짓고 오거들을 손가락으로 가리켰다.

　"좋다. 대출혈 서비스다. 평소보다 듬뿍 바닐식 살인광선을 선보이도록 하지!"

　허겁지겁 도망치는 오거를 향해, 정체불명의 광선이 연속으로 발사됐다.

　여기는 바닐 나리에게 맡겨두면 되겠지.

　결과를 확인할 필요도 없다고 생각하며 길드를 나선 나는, 곧장 다른 방향으로 향한 몬스터 무리를 쫓아갔다.

2

　"이쪽으로 간 게 틀림없는데……."

　몬스터를 쫓으면서 도중에 마을 사람들의 이야기를 들었는데, 그 내용이 묘했다.

　"언데드와 몬스터 무리가 우리한테는 눈길도 주지 않고

일직선으로 뛰어갔어. 그래서 우리는 피해를 입지 않았지만, 엄청 무서웠다니깐~."

"맞아! 폭주한 언데드를 다른 몬스터가 필사적으로 쫓아가는 것 같았어."

그렇게 말했다. 다른 녀석들도 비슷한 말을 입에 담았고 아직 마을에 피해는 없다.

그건 다행이지만 그 녀석들은 대체 목적이 뭐지?

달리는 속도를 유지한 채 생각해봤으나 이유는 떠오르지 않았다.

"생각해도 모르겠다면 그냥 때려치우자고!"

쓸데없는 생각은 내팽개친 후 달리는 속도를 더욱 높였다.

아까부터 신경 쓰이는 점이 하나 더 있었다. 이 길이 눈에 익었던 것이다. 아니, 몇 번이나 지나다닌 적이 있는 길이다.

골목을 벗어나서 눈에 보인 것은…… 카즈마의 저택이었다.

"저 녀석들, 마왕군 간부를 몇 명이나 해치운 카즈마를 노리는 건가."

그렇다면 헛다리짚은 거다. 그 녀석들은 현재 마왕성 근처에 있거나, 마왕성에 침입했을 것이다.

"그게 아니라면…… 그러고 보니, 아쿠아 누님은 언데드가 꼬이는 체질이었잖아. 어쩌면 누님의 체취가 언데드를 유인하는 걸지도 몰라."

아무튼 카즈마의 저택에 박살나게 둘 수는 없다. 절친이 저택을 지켜달라고 했던 것을 기억하고 있다.

서서히 저택에 다가가자 비명이 들려오기 시작했다.

카즈마의 저택에는 아무도 없는데 혹시 이웃 주민이 휘말린 걸까?

"늦은 건…… 어?"

당황한 내 눈에 들어온 것은 백마, 그리고 그 옆에 멀뚱멀뚱 서 있는 투구 자식과 페이트포였다.

"너희들, 지금 뭐 하고 있는 거야? 저택이 습격을 당했잖아!"

뒤돌아선 두 사람은 별반 놀라지 않은 눈길로 나를 쳐다보았다.

"더스트 씨군요. 저건 저택이 습격을 당했다기보다 습격하고 있다고 해야 하지 않을까요."

"응. 안 도와도 대."

"알아듣지도 못할 소리 좀 하지 말라고."

영문 모를 소리를 늘어놓는 두 사람을 밀어젖히고 저택을 쳐다보니, 그곳에서는 참상이 벌어지고 있었다.

"우오오오, 밭에서 뻗어 나온 덩굴에 잡혔어! 놔! 놓으라고!"

"크아아아악, 채소가 폭발하잖아!"

"좀비와 스켈레톤이 차례차례 밭의 거름으로……!"

마당의 밭에서 언데드들이 차례차례 폭발하고 있었다.

다른 마왕군 몬스터도 지면에서 뻗어 나온 덩굴에 묶이거나, 밭에서 튀어나온 채소에 맞고 나가떨어지거나, 저택에서 날아온 술병과 돌에 얻어맞았다.

누가 있나 싶어 주위를 둘러보았지만 아무도 없었다.

"이 고양이와 새는 뭐야? 방해되니까 꺼져. 확 죽여버린다."

덩굴을 필사적으로 몸에서 뜯어낸 몬스터의 근처에는 검은 고양이와 닭이 있었다.

검은 고양이는 폭렬걸이 소중히 여기는 괴상한 이름의 날개 달린 고양이였고, 닭은 아쿠아 누님이 소중히 기르는 거창한 이름의 전직 병아리다.

"어이, 그런 것과 노닥거리지 말고…… 말도, 안 돼. 어, 어어어 어어!"

"갑자기 왜 그러는 거야?"

그 두 마리를 쳐다보던 몬스터가 갑자기 허둥대기 시작했다.

"방금 《간파》로 저 두 마리를 살펴봤는데, 저 닭은 레벨이 어마어마하게 높아! 게다가 저 검은 고양이는 직업이 《사신 (邪神)》이라고……."

몬스터의 말이 우연히 들렸는데, 저 두 마리가 그렇게 무시무시한 존재라고?

잘못 들었다고 생각하지만…… 그냥 못 들은 척 해야겠다. 안 그래도 상황이 성가신데, 괜한 고민거리가 늘어나는 건 사양하고 싶다.

우리의 존재를 눈치채지 못한 몬스터를 쳐다보며 나는 페이트포를 업었다.

그 후 채소와 동물 두 마리에게 정신이 팔려서 빈틈투성이인 몬스터를 간단히 처리했다.

"좋아. 이쪽은 이걸로 됐겠지. ……페이트포, 뭘 먹는 거야?"

"끈쩍끈쩍한 거."

아까부터 아무 말 없이 뭐 하나 했더니 땅에 떨어진 채소를 먹고 있었던 거냐.

"빨리 뱉어. 땅에 떨어진 걸 먹으면 안 되잖아."

"돌려죠~."

페이트포가 들고 있던 끈적끈적한 참마를 빼앗아서 호주머니에 집어넣었다. 버렸다간 또 주워서 먹을 것 같거든.

나중에 더 맛있는 걸 먹게 해주겠다고 설득한 후 삐친 페이트포를 말에 태웠다.

저택을 무사히 지켜냈……다고 해도 되려나? 아무튼 그 후에 마을 안에 들어온 몬스터가 없는지 찾으면서 백마를 타고 돌아다녔다. 참고로 이 말은 투구 자식이 흔쾌히 빌려줬다.

"더스트 씨가 엉덩이를 밀착시킨 안장에 내가 탄다면, 그건 하나가 됐다고 해도 과언이 아닐 거야!"

투구 자식이 혼잣말을 중얼거렸지만 바빠서 무시하고 지나갔다.

혹시나 하는 마음에 마도구점에도 가봤는데 새 인형탈이

경쾌한 움직임으로 몬스터들을 압도하고 있었다.

마스코트 캐릭터인 줄 알았는데, 파수견…… 파수조도 겸하고 있었던 걸까.

카즈마의 저택과 마도구점은 무사한걸. 그렇다면 빨리 정문 앞으로 돌아가자. 린 일행이 걱정되거든.

"더스뜨, 저쪼기 시끄러워."

"우읍! 갑자기 뭐 하는 거야?"

페이트포가 뒤편에서 내 두 볼을 양손으로 꼭 누르더니 옆쪽으로 휙 돌렸다.

귀를 기울였는데…… 확실히 시끄러운 소리가 들렸다.

저쪽에는 경찰서가 있다. 이 상황에 경찰서에서 날뛰는 바보가 있는 건가. 그럼 내버려 둬도 경찰들이 알아서 하겠지만 만약 몬스터라면…….

"이참에 빚을 지워두면, 다음에 내가 유치장에 갇혔을 때 잘 대해줄지도 몰라."

"솔찌카지 모타네."

"흥, 그런 게 아니라고."

나는 푸념을 늘어놓지만 내 몸은 무의식적으로 경찰서를 향해 뛰어갔다.

"변태야~. 변태 마족이 있어!"

"이 자식, 변태 주제에 강하잖아!"

"누가 변태라는 거냐!"

경찰서 앞에서는 한편의 체포극이 펼쳐지고 있었다.

셔츠와 팬티 한 장만 걸친 마족 같아 보이는 남자가 한손에 검을 쥔 채 날뛰고 있었다.

"갑자기 나타난 변태 마족에게 고한다! 무기를 버리고 저항을 관둬라!"

"시끄러워! 젠장, 젠장, 내가 왜 이런 곳에 있는 거지?! 마왕성은…… 그 교활하고 입만 산 남자는 어디 있는 거냐! 진정해. 진정하는 거다, 나. 이럴 때야말로 기사답게 행동해야 해. 젠장, 나는 머리 쓰는 게 별로인데 어쩌면 좋냔 말이다 아아아아앗!"

열불이 난 어린애처럼 검을 마구잡이로 휘둘러대고 있는 탓에, 포위한 경찰관이 접근을 하지 못하는 것 같았다. 이미 몇 명이 칼에 베인 건지, 피를 흘리며 쓰러진 경찰관이 많았다.

보기에는 변태에 불과해 보이는데 실력이 상당한 건가.

힘으로 제압하려고 하면 경찰 측에 많은 희생자가 발생할 것이다.

하지만 나라면 1대 1로 싸워도 해볼만 하겠지.

경찰관들은 툭하면 나를 체포하려고 드는 빌어먹을 놈들이지만 그런 녀석들에게 눈물 어린 감사를 받는 것도 나쁘지 않을 것이다.

이대로 페이트포를 업고 경찰들 앞에서 싸우는 건 좋지 않아. 괜히 트집 잡힐 것 같거든.

페이트포에게 말 위에 얌전히 있으라고 말해둔 후, 나는 말에서 내렸다. 그리고 그대로 소동의 중심에 뛰어들었다.

"너희는 상대가 못 돼. 방해되니까 물러나라고."

2주 전에 나를 무고하지 않은 죄로 체포했던 경찰관을 밀쳐내며 앞으로 나섰다.

"더스트인가. 이런 데서 뭘 하는 거지? 설마 이 상황에서 농땡이를 치고 있는 거냐?! 너란 녀석은 정말⋯⋯."

"아냐! 위기에 처한 너희를 구해주려고 바람처럼 나타난 거라고. 평생 감사하며 다시는 나를 체포하지 마. 자, 빨리 부상자나 옮겨."

"상황이 이러하니 어쩔 수 없지. ⋯⋯미안하다. 잠시만 시간을 벌어다오. 부상자를 옮긴 후에 지원 병력을 데리고 오지. 저 변태는 보기보다 실력이 뛰어나니까 방심하지 마라!"

나는 걱정해주는 경찰관을 향해 돌아선 채로 손을 흔들었다.

평소에는 나를 볼 때마다 고함을 지르며 설교를 해대면서 이럴 때는 걱정해주는 거냐고.

"어이, 거기 변태. 나는 지금 바빠. 얌전히 당하기나 해."

"네놈은 뭐냐! 나는 지금 알지도 못하는 장소로 보내져서 짜증이 났거든? 나를 방해할 거면, 단단히 각오하는 게 좋을 거다!"

자세를 낮추고 검을 든 상대의 자세에서는 빈틈을 찾을수 없었다.

나도 그에 맞서듯 창을 고쳐 쥔 후 조용히 숨을 내쉬었다.

상대도 내 실력을 한눈에 알아본 건지, 신중한 발걸음으로 슬금슬금 거리를 좁혔다. 한 걸음만 더 다가서면 창의 공격 범위 안에 들어온다.

상대는 거기서 멈춰서더니 검을 들어 올리며 상단 자세를취했다. 내 공격을 유인하는 건가?

시간 낭비를 할 상황이 아니라서 함정에 빠져주기로 했다.

나는 접근과 동시에 창을 내질렀다. 상대의 가슴팍에 빨려들듯 뻗어나가는 창날을 상대는 검을 휘둘러 쳐냈다.

그리고 단숨에 나에게 접근하더니 횡으로 검을 휘두르며일격을 날렸다.

나는 대각선 뒤편으로 굴러서 공격을 피한 후, 몸을 일으키는 것과 동시에 창으로 상대의 발을 노렸다. 하지만 상대는 검으로 막아냈다.

"변태 주제에 꽤 하는걸."

"변태가 아니다! 나한테는 노스란 이름이 있어! 네놈도 인간치고는 실력이 꽤 괜찮구나."

바닐 나리도 그렇지만 이 세상에서는 외모와 실력이 비례하지 않는다. 방심했다간 단숨에 당하고 말 것이다.

상대의 공격 범위에 들어서지 않도록 거리를 유지하면서 공격을 펼쳤지만 전부 막히고 말았다.

강하다. 상당한 강적인 건 틀림없다. 하지만 저 녀석에게는 결점이 있다. 방어 면에서 말이다.

내가 진심으로 날린 일격은 철저하게 막아내지만 위력을 억누르며 속도를 중시해서 날리는 가벼운 찌르기는 막지 않았다. 그래서 상대의 몸에는 생채기가 늘어가고 있었다. 조금씩이지만 확실히 대미지를 입히고 있다.

"큭, 갑옷만 있다면 이따위 공격은……."

방금 들은 푸념으로 추정해볼 때, 이 녀석은 팬티 바람으로 돌아다니는 취미를 가지지 않은 것 같았다. 아무래도 피치 못할 이유가 있어서 갑옷을 입지 않은 건가.

그렇다면 방어가 어설픈 점을 노려야겠는걸.

"다음 일격으로 정정당당하게 너를 해치우겠다고 선언하겠어."

"흥, 큰소리를 치는군. 어디, 할 수 있으면 해봐라!"

자세를 낮추고 머리부터 상대방에게 들이미는 시늉을 한 나는, 상대의 검이 아슬아슬하게 닿지 않는 거리에서 발을 멈췄다.

그리고 호주머니에서 그것을 꺼내어 상대방의 머리 위쪽에 던졌다.

"흥, 정정당당은 무슨! 그런 잔재주가 통할 것 같으냐!"

변태는 검을 치켜들더니 내가 던진 것을 그대로 벴다.

나는 둘로 쪼개진 그 물건을 향해 연속으로 찌르기를 날렸다.

"흥, 무슨 속셈인지 모르겠지만 이런 건 간지럽지도…… 으으윽, 간지러워어어어엇!"

변태의 몸에 새하얗고 끈적끈적한 물체가 쏟아지자 그는 훤히 드러난 목덜미와 팔과 다리를 미친 듯이 긁어댔다.

내가 노린 것은 애초부터 방금 던진 참마였다. 페이트포한테서 빼앗은 참마는 맨몸에 닿으면 엄청나게 가렵다.

아까 그렇게 기운차게 날뛰던 이 참마는 그런 성분 또한 강렬한 것이다.

미친 듯이 괴로워하는 변태가 너무 불쌍해 보여서 나는 창 자루의 끝부분으로 정수리를 때려 기절시켰다.

경찰서 앞이니까 이대로 내버려 두면 경찰이 이 녀석을 감옥에 가둘 것이다.

"그런데, 이 녀석은 대체 뭐 하는 놈이야?"

3

생각보다 시간이 걸리기는 했지만 정문 앞으로 돌아와 보니 모험가와 언데드의 싸움이 끝나 있었다.

몇 명이 다쳤어도 대부분의 모험가는 아직 건재했다. 동료들이 무사하다는 것을 확인한 나는 안도의 한숨을 내쉬었다.

"마을 안에 들어간 몬스터들도 대충 처리했나 보구나, 더 스트. 여기 있던 언데드들은 이미 섬멸했어. 남은 건……."

테일러가 내 어깨를 두드리며 노고를 위로했다. 그러면서도 그의 시선은 내가 아니라 전장을 향하고 있었다.

그 시선이 향한 곳에는 적의 본진이 있었다.

숫자는 적지만 조무래기 몬스터와는 비교도 안 되는 강적들이 우글거리고 있었다.

창을 쥔 나라면 1대 1도 해볼 만한 상대였으나 다른 녀석들에게는 버거운 상대다.

"하아~, 술이나 들이켜며 농땡이 피우고 싶네."

"동감이야, 더스트. 이렇게 열심히 싸우다간 성실한 인간이 되어버린다고."

"더스트와 키스는 이참에 성실한 인간이 되는 게 어때? 이제 얼마 안 남았으니까 조금만 더 힘내. 이 싸움이 끝나면, 한동안은 놀아도 눈감아 줄게."

평소 같으면 우리 엉덩이를 걷어차며 퀘스트를 시켰을 린이, 웬일인지 상냥하게 말했다.

키스와 얼굴을 마주한 나는 주먹을 맞대고 함께 웃음을 터뜨렸다.

"약속한 거야! 이 싸움이 끝나면, 한동안은 아무것도 안 해야지."

"좋았어~. 나중에 말 바꾸지 마. 더스트, 제대로 놀아보자고!"

"그래그래. 약속할게. 진짜 저 둘은 못 말린다니깐."

"의욕이 난 건 다행이지만……. 하아, 이 상황에서도 저러는 녀석들을 믿음직하다고 봐야 할지 모르겠군."

성실 콤비인 린과 테일러가 땅이 꺼지도록 한숨을 내쉬면서 뭐라고 했지만 깔끔하게 무시했다.

"그럼 좀 더 힘내볼까. 너희도 더 싸울 수 있지?"

다른 모험가들에게 그렇게 물으니 다들 무기를 치켜들었다.

"당연하지! 이제 슬슬 몸이 풀리기 시작했어."

"이제 얼마 안 남았잖아. 이렇게 된 거 끝까지 싸울 거야."

"이렇게 고생했으니, 다 끝내고 마시는 술은 진짜 달콤하겠네~."

다들 꽤 엉망이었지만 힘찬 목소리로 그렇게 말하고 허세를 부렸다.

허세든 뭐든 상관없다. 지금이야말로 허세라도 부리면서 버텨야 할 상황이니 말이다.

모험가 중 몇 명은 전투 불능 상태가 되어 액셀 마을에서 치료를 받고 있다. 그래도 이 자리에 있는 이들은 대부분 아는 얼굴이다.

남자들은…… 하나같이 서큐버스 가게의 단골이잖아. 어쩌면 거기야말로 액셀 마을에 가장 공헌하고 있는 가게인 거 아냐?

사기가 하늘을 찌를 듯한 우리는 당당한 걸음걸이로 적 본진을 향해 나아갔다.

상대방도 우리와 정면 대결을 펼칠 생각인지, 그 자리에서 꼼짝도 하지 않고 우리를 기다리고 있었다.

적의 숫자는 오십도 채 되지 않았다. 숫자는 우리가 더 많지만 적 몬스터는 하나같이 강적이다.

퀘스트라면 중견 모험가가 파티를 짜서 도전해야 할 상대다. 그런 적을 보면 다른 녀석들이 동요할지도 모른다.

그렇게 생각하며 뒤를 돌아보니 자신만만한 웃음을 머금은 모험가들이 있었다.

"헤헤헤. 전의가 끓어오르는걸. 겸사겸사 온몸이 부들부들 떨려."

"어이, 이 상황에서 한심한 꼴 보이지 마. 미동조차 하지 않는 나를 본받으라고."

"무서워서 다리가 얼어붙은 거잖아. 나는 너무 여유가 넘쳐서, 아까부터 앞으로 나아가지를 못하고 있거든?"

……큰일이다. 다들 꽤 겁먹은 것 같다.

무리도 아닌가. 솔직히 말하자면 나도…….

"돌아가고 싶네."

"네가 약한 소리를 하면 어떻게 해."

내 푸념을 들은 린이 즉시 태클을 날렸다.

투덜거린다고 어떻게 될 상황이 아닌가. 이렇게 된 거 뻔뻔하게 굴도록 할까.

내가 움츠러든 모험가들을 내버려 두고 앞으로 나서자 테일러와 키스, 린이 내 뒤를 따랐다.

"너희는 물러나 있어도 돼."

"헛소리 마. 너만 폼 잡게 두지는 않겠다고 말했을 텐데?"

"그래. 리더로서, 크루세이더로서, 누군가의 뒤편에서 부들부들 떨고 있을 수는 없지."

"무슨 일이 있어도 우리는 동료잖아. 어디든 너희와 함께 갈 거야."

진짜 믿음직한 동료라니깐.

이 녀석들이 내 뒤에 있다면 나는 그 어떤 강적이 상대일지라도 앞으로 나설 수 있다.

창을 어깨에 걸친 나는 당당히 앞으로 나아갔다.

"멈춰, 인간. 더 이상 다가온다면, 즉시 공격하겠어."

그 뱃속 깊은 곳까지 울리는 목소리에 따라 나는 걸음을 멈췄다.

적진이 양쪽으로 갈라지더니 그 사이로 누군가가 앞으로 나섰다.

이 전장에 어울리지 않는 묘령의 미녀가 요염한 미소를 머금더니 등골이 오싹해질 정도의 차가운 시선을 나에게 보냈다.

그녀는 흰색 셔츠와 슬릿이 깊이 파인 롱스커트를 입고

있었다. 가슴과 엉덩이의 볼륨 또한 나무랄 데가 없었다.

외모만 보면 내 취향이다. 하룻밤 함께 하고 싶을 정도다. 하지만 방금 발언을 생각하면…… 아마, 저 녀석이 총대장일 것이다.

"거기 미인 누님. 네가 이 녀석들의 보스야?"

"그래, 인간. ……어머, 거기 너. 꽤 괜찮은 남자네. 쳐다보기만 해도 몸이 달아오르고 흥분돼. 우리 쪽에 붙는다면 살려줄게. 그리고 매일 만족시켜주겠어."

농담인가 싶어 미심쩍은 표정으로 쳐다봤으나 아무래도 그렇지 않은 것 같았다. 진심으로 하는 소리일까.

요염한 누님이 저런 요염한 눈길로 유혹하니 마음이 흔들릴 것 같다.

"어이, 내가 색기에 넘어가 배신할 남자 같아 보여?"

"""그렇게 보여."""

"제삼자는 닥치고 있어!"

동료와 모험가들이 한목소리로 단언했다.

"매력적인 제안이지만, 받아들일 수는 없어. 그래도 정 원한다면 가슴 정도는 주물러줄 수도 있는데. 크억!"

가슴을 주무르는 시늉을 한 순간, 내 뒤통수에 충격이 가해졌다. 돌아볼 필요도 없다. 린이 지팡이로 내 머리를 때린 거다.

대체 내 머리를 몇 번 때리면 직성이 풀리는 걸까.

"재미있는 인간이네. 어머, 실례했어. 아직 이름을 밝히지 않았잖아. 나는 액셀 마을 습격을 맡은 총지휘관, 루제리라고 해. 잘 부탁……할 필요는 없겠네. 곧 이 자리에서 죽을 테니 말이야."

목소리와 몸놀림에서는 색기가 느껴지지만 건드릴 마음이 들지 않았다. 저 색기에서도 압도하는 강자의 오라가 느껴져서 무심코 마른침을 삼켰다.

"휴우~, 그건 그렇고 정말 놀랐어. 초보자 모험가의 마을이라고 들어서, 이렇게 엄청난 피해를 볼 줄은 꿈에도 몰랐거든. 이대로는 마왕님과 간부분들을 뵐 면목이 없어. 그러니 미안하지만 이 마을 주민들과 함께 끔찍한 죽음을 맞이해주겠어?"

말 한마디 한마디가 간드러졌고 자신의 몸을 훑는 손가락의 움직임 또한 요염하기 그지없었다. 그런 행동거지 하나하나가 에로틱했다. 그 녀석이 이 자리에 있다면 「참고가 되네요!」라고 말하며 눈을 반짝였을 것이다.

"참고가 되네요!"

이런 식으로 말이다.

"우왓……! 네가 왜 여기 있는 거야?"

"어? 방금까지 아무도 없었지?"

나만이 아니라 린과 동료들도 눈치를 못 챘던 것 같다.

어디서 튀어나온 건지는 모르겠지만 내 옆에 나타난 로리 서큐버스가 루제리를 열렬한 눈길로 관찰하고 있었다.

"거짓 정보를 충분히 퍼뜨려서 돌아온 거예요. 그대로 있었다간 전투에 휘말릴 것 같았거든요. 저 사람, 엄청 요염하네요! 저도 언젠가 저렇게 매력적이고 요염한 여성이 되겠죠?"

"그건 무리야."

"부우."

내가 솔직하게 말하자 로리 서큐버스는 볼을 부풀리고 나를 노려보았다.

"어머, 귀여운 여자애네. 지원군치고는 믿음직하지 못하지만 말이야. 그런데, 대체 어디서 나타난 거지?"

"아, 지면에서 나왔어요."

"""지면?"""

로리 서큐버스가 손가락으로 가리킨 지면을 쳐다보니 거기에는 흙이 있을 뿐이었다.

유심히 쳐다봐도 평범한 지면이네.

"어이. 그냥 지면—"

내가 한마디 하려던 순간, 흙이 갑자기 솟구치면서 어떤 형태를 자아냈다.

"후하하하하! 이 몸, 등장. 흠, 이런 경악의 악감정은 선호하지 않는데……."

귀에 익은 웃음소리를 내며 모습을 드러낸 흙덩어리는 눈에 익은 형태로 변화했다. 가면을 쓴 악마의 모습으로 말이다.

"나리! 왜 이런 식으로 나타나는 거야. 아, 그것보다 마왕 군에게 얼굴을 보여도 되는 거야?"

"아, 그게 말인데……."

"그 가면은, 히, 히이이익! 바, 바닐 님이신가요?!"

바닐 나리를 목격한 루제리가 비명을 질렀다. ……비명?

루제리를 힐끔 쳐다보니 얼굴이 새파랗게 질려서 진심으로 두려움에 떨고 있었다.

"나리, 저 녀석한테 무슨 짓을 한 거야?"

"흠, 졸개들 얼굴까지 일일이 기억하지는 않아서 말이지. 어디선가 만난 적이 있을지도 모르겠다만……."

가면 때문에 표정을 확인할 수 없지만 진짜로 기억하지 못하는 것 같은걸.

루제리는 나리를 손가락으로 가리키며 연못 속 붕어처럼 입을 뻐끔거리고 있었다.

이대로는 상황을 알 수 없어서 나는 질문을 던지기로 했다.

"나리는 기억을 못 하나 본데, 어떤 사이야?"

"기억, 못하는 겁니까. 그런 짓을 해놓고……. 마왕성에서 매일, 매일, 저희를 농락하며 가지고 놀았으면서……!"

루제리는 머리카락을 쥐어뜯으며 격분했다.

그 뒤를 따르듯 다른 몬스터들이 머리를 감싸 쥐고 괴로워했다.

농담이나 거짓말을 하는 것 같지는 않았다. 바닐 나리가 대체 무슨 짓을 한 거지.

"가지고 놀았다, 는 말은 좀 과장됐군. 마왕성에 머무는 동안에는 식사가 필요해서 말이지. 마왕성에 있는 이들 사이에서 인기가 좋은 위즈나 여자 간부로 변해서 유혹한 후 동침 직전에 정체를 밝힌다거나, 칼로리 보충용 알약을 다이어트약이라고 속여서 건네주고 한 달 후에 폭로한 적밖에 없다."

"바로 그거예요!"

"나리, 그거라고!"

루제리와 내가 동시에 태클을 날렸다.

나리는 고개를 갸웃거리며 여전히 시치미를 뗐지만 일부러 저러는 게 분명해.

"바닐 씨, 그건 너무하지 않나요? 같은 여자로서, 그런 장난은 웃어넘길 수 없어요. 어, 어머? 방금, 저로 변했다고 말하지 않았나요?"

"그 후로 다이어트를 하느라, 얼마나 고생했…… 어엇?! 어째서 위즈 님까지 여기 계신 거죠오오오?!"

바닐 나리의 뒤편에서 고개를 쏙 내민 위즈를 본 루제리가 또 절규를 터뜨렸다.

아까부터 되게 시끄러운 여자네.

"오랜만이에요. 간부 후보였던 루제리 씨 맞죠? 잘 지냈나요?"

위즈는 루제리를 기억하는지 빙긋 웃으며 인사를 했다.

"저기, 저기, 저기, 왜 두 분이 이런 장소에 계신 거죠?"

"이 몸과 저 무능 점주는 이 마을에서 가게를 운영하고 있지."

"가게? 이 마을에서? 어?"

그 말의 의미를 이해하지 못한 걸까. 아니면 이해하고 싶지 않은 걸까. 루제리는 주위를 두리번거리며 이 근처를 빙빙 돌고 있었다. 그야말로 거동 수상자다.

혼란에 빠진 루제리는 한동안 내버려 두기로 할까.

"나리, 아까도 물었던 건데, 정체를 드러내도 괜찮은 거야?"

"유심히 생각해보니 신경 쓸 필요가 없다는 결론에 도달했다."

"저는 바닐 씨가 괜찮다고 해서 마음 놓고 모습을 드러낸 건데, 아직 그 방법은 듣지 못했어요. 어떤 방법인가요?"

나리는 자신만만했고 위즈는 그런 나리를 믿고 이 자리에 온 것 같다.

나리의 방금 말만 들어도 불길한 예감이 엄습하는데, 위즈는 왜 의심하지 않는 걸까. 나리와 알고 지낸 세월은 나보다 훨씬 길면서…….

"뻔하지 않으냐. 이 녀석들을 섬멸해서 마왕군 측의 목격자를 없애면 된다."

"아, 그렇…… 예에에에엣?! 해치우자는 건가요?!"

"그러면 들통날 걱정이 없겠네! 역시 나리는 대단해!"

나는 바닐 나리의 말을 듣자마자 바로 납득 했지만 동료들은 표정이 복잡했다. 놀란 건지, 어이없어하는 건지 분간이 안 됐다.

"……바닐 씨와 위즈 씨는 마왕군의 관계자였어? 바닐 씨는 그럴 것 같았지만, 설마 위즈 씨까지……."

"방금 그 말이 사실이더라도, 마왕군을 배신하고 우리 편에 붙는다는 거지?"

"어떤 상황인지 이해가 안 되는군."

동료들은 갑작스럽게 접한 정보 때문에 혼란에 빠진 것 같았다.

다른 모험가들의 반응도 신경 쓰여서 돌아보니…… 우리 이야기를 듣고 있지 않았다. 정확히는 그럴 여유가 없는 것 같았다.

"잘 모르겠지만, 몬스터가 움츠러든 지금이 기회야! 이 틈에 작살을 내주자고!"

"마법과 화살을 마구 퍼부어!"

"어이! 전쟁 중에 딴 데 정신 팔지 말라고, 이 자식들아아 아앗!"

어느 쪽이 마왕군인지 분간이 안 되는 폭언을 토하며 모험가들은 이미 전투를 시작했다. 다들 필사적으로 싸우느라 우리를 신경 쓰지 못하고 있었다.

몬스터들도 눈치가 있는지 우리와 조금 떨어진 곳에서 전투를 벌였다. ······아니, 그렇지 않다. 이 기회에 바닐 나리 와 조금이라도 떨어지려고 하는 것이다.

그 증거로 몬스터들은 모험가들과 싸우면서도 몇 번이나 바닐 나리 쪽을 힐끔거렸고, 전투에 전혀 집중하지 못했다.

뭐, 그 덕분에 모험가들이 대등하게 싸우고 있지만 말이 다. 바닐 나리에게는 고마워해야겠다.

"바닐 님, 위즈 님. 진짜로 인간 편에 설 겁니까?"

"애초에 이 몸이 마왕군에 들어간 건, 마왕이 하도 애원 하기에 심심풀이 삼아서 들어갔던 거다. 게다가 전직 간부 라고는 해도 지금은 자유의 몸이지. 저기 있는 얼간이 점주 는 결계 유지만 담당하는 엉터리 간부이고."

"예, 실은 그래요. 중립에서 양측에 간섭하지 않기로 되어 있죠."

"그, 그렇다면 마왕군과 적대하는 건 계약 위반 아닌가요?!"

확실히 루제리의 말이 옳다. 지금은 철저하게 간섭하고 있 으니까. 중립과는 거리가 먼 상황이다.

"맞아요. 저는 액셀 마을 편을 들고 있으니, 중립이라고 할 수는 없겠네요."

"그렇다면 이 상황은 계약 위반 아닌가요?"

이야기를 유리하게 이끌어갈 수 있다고 생각한 건지, 절망 에 물든 루제리의 표정에 희망의 빛이 어렸다.

"하지만 제가 결계 유지와 중립을 지키는 조건으로, 마왕군은 모험가와 기사처럼 전투에 관여하는 자 이외의 인간을 죽이지 않기로 했어요."

"저희는 아직 모험가 이외에는 건드리지 않았어요! 그러니까—."

루제리는 말을 끝까지 잇지 못했다. 위즈의 몸에서 흘러나오는 한기 때문에 말문이 막힌 것이다.

그리고 우리 또한 영향을 받았다.

"추, 추워어어어어! 어쩔 수 없지. 서로 껴안으면 좀 따뜻할 거야."

"싫거든? 빨리 방패막이 역할이나 해!"

"차가운 여자도 싫지는 않지만, 진짜로 차가운 건 사양하고 싶네."

"……어이, 너희들. 내 등 뒤에 숨지 마라."

우리는 가장 덩치가 큰 테일러를 방패 삼아 그의 뒤편에 숨었다.

불평을 늘어놓고 있지만 평소 주목받지 못하는 테일러가 활약할 기회를 주고 있으니 오히려 고마워해줬으면 한다.

"당신은 이 마을 주민들과 함께 끔찍한 죽음을 맞이하라고 말했어요. 이 마을은 저에게 매우 소중한 장소죠. 당신들이 제 가게와 소중한 손님들을 해치게 두지 않겠어요!"

위즈를 중심으로 휘몰아치는 한기의 소용돌이가 더욱 강해졌고 우리는 그 소용돌이에 삼켜지지 않도록 거리를 벌렸다. 이대로 여기에 있다간 얼어붙고 말 것이다.

"오랜만에 얼음 마녀다운 모습을 보이는군."

어느새 우리 옆으로 피난한 바닐 나리가 팔짱을 낀 채 감탄했다. 몸 곳곳에 서리가 어려 있는 상태로……

"위즈는 저렇게 무서운 표정을 짓기도 하는구나."

"옛날에는 항상 언짢아했지. 이 몸에게 놀림을 당할 때마다 발끈했다. 매번 일부러 이 몸을 찾아와서 질 좋은 악감정을 제공해주는, 고급 배달 도시락 같은 존재였다고 할까?"

나리, 방금 그 비유는 좀 그렇잖아.

과거야 어쨌든 간에 위즈가 진심으로 나서준다면 감사할 일이다. 폭렬마법의 위력과 지금의 한기로 알 수 있듯, 우리의 전력은 대폭 상승했다.

바닐 나리도 루나에게 매수되어서 전투를 도와주고 있는 것 같거든. 그렇다면 이제 이긴 거나 다름없네.

"훗, 이겼어."

"양아치 모험가여. 그런 불성실한 발언을 플래그라고 한다. 발언 내용과 반대되는 현상을 부르는 저주받은 말이라고, 일전에 그 소년이 말했지."

"아~ 나도 카즈마한테 그런 말을 들은 적 있어. 하지만 이 상황에서는 다 이긴 거나 다름없다고."

휘몰아치는 눈보라 때문에 몸의 표면에 서리가 언 채 부들부들 떨고 있는 루제리, 그리고 서서히 다가가는 위즈……

저 정도면 압승할 게 틀림없다.

"이걸 오랫동안 지속할 수 있다면, 위즈가 질 리는 없겠지. 하지만 얕보지 마라. 말도 안 되는 실수를 아무렇지 않게 저지르기에…… 얼간이 점주는 얼간이라고 불리는 거다."

"나리, 걱정이 과한 것 아냐? ……저기, 위즈가 왜 갑자기 쓰러진 거야?"

갑자기 눈보라가 잦아들었고 위즈는 지면에 안면을 박은 채 쓰러져 있었다.

어, 아무런 징후도 없이 왜 갑자기 쓰러진 거지?

상상조차 못 했던 광경을 머릿속이 받아들이지 못한 바람에 나는 얼이 나갔다. 한편, 방금까지 궁지에 몰려 있던 루제리는 누구보다도 이 상황이 이해되지 않는지 동그랗게 뜬 눈으로 위즈를 응시하고 있었다.

"역시 거기까지 생각이 미치지 않았던 건가. 얼음 마녀라는 별명을 지녔으면서, 머리에 피가 몰리면 어쩌자는 건지……. 정말, 손이 많이 가는 점주군."

바닐 나리만은 상황을 이해하고 크게 한숨을 내쉬었다.

"위즈가 갑자기 쓰러졌는데, 무슨 일이 벌어진 거야?"

"원인은 폭렬마법이다. 대량의 마력을 소모한 후, 아까까지 공방전을 치르면서 남은 마력 대부분을 소비했지. 그런 상황에서 저렇게 마력을 흘려댄다면 이렇게 되는 게 필연일 거다."

아, 그래! 그 폭렬걸도 마법을 쓴 후에는 꼼짝도 못하게 된다. 위즈는 메구밍보다 마력량이 많은 것 같지만 이제까지의 다툼으로 마력이 완전히 바닥나버린 건가.

"자, 잘은 모르겠지만 위협이 하나 줄었네!"

목숨을 건진 루제리가 가슴을 쓸어내리더니 다시 강경한 태도를 보이기 시작했다.

"확실히 위즈는 자멸했지만, 우리 쪽에 아직 바닐 나리가 있다는 걸 잊은 거 아냐? 너한테는 승산이 없다고, 이 조무래기야! 자, 나리. 화끈하게 날려버리라고요."

나는 하고 싶은 말을 하고 이 자리를 바닐 나리에게 양보했다.

"그렇게 잘난 척해놓고 남한테 떠넘기는 거야? 질리겠네~."

"나도 저 정도로 쓰레기가 되고 싶진 않아."

"동료로 여겨지고 싶지도 않군."

내 등 뒤에서 동료가 험담을 했다.

뒤를 돌아보니 동료들은 시선을 피하며 거리를 벌렸다. ……남인 척하지 말라고.

"이 몸이 해치워도 상관없지만, 저 녀석한테는 손을 쓸 수 없다."

"나리~ 그냥 쉬고 싶은 거 아냐? 귀찮아 하지 말고 도와 줘~. 대체 왜 손쓸 수 없다는…… 그런 거구나."

나리가 턱으로 가리킨 방향을 보니, 등을 동그랗게 굽힌 채 격렬하게 떨고 있는 루제리의 등에서 거대한 날개가 자라나고 있었다.

팽창된 몸이 옷을 안쪽에서 찢더니 온몸이 붉은 비늘에 뒤덮였고 머리에는 뿔 두 개가 자라났다.

보통은 놀라야 할 광경이지만 나에게 있어서는 눈에 익은 장면에 지나지 않았다.

몇 배로 부풀어 오른 몸과 거대한 날개. 누구나 아는 최강의 몬스터 중 하나인 드래곤이 이 자리에 모습을 드러냈다.

저 새빨간 비늘로 볼 때 레드 드래곤인가.

루제리는 날개를 펄럭이며 하늘로 날아오른 뒤 공중에서 체공 상태를 유지했다.

"공중에 있으면 바닐 님에게 공격을 당하지 않아. 인간을 상대로 이 모습이 된 건 굴욕이지만, 저승길 선물로 보여주겠어. 드래곤은 나이를 먹으면 인간으로 변하는 능력을 얻게 돼. 어머, 놀라서 목소리도 안 나오나 봐? 무리도 아냐…….어? 너희들, 반응이 밋밋하네. 절망에 빠져서 비명을 질러도 되거든?"

"아니, 그게 말이야."

귀가 아니라 머릿속에 직접 전해지는 목소리가 들렸고 나는 귀찮다는 투로 그렇게 대꾸했다.

겉모습과 달리 유창하게 말을 하는 드래곤을 멍하니 쳐다보며 든 생각은 『페이트포도 언젠가 저렇게 말을 잘하게 될까?』였다.

내 동료들도 인간이 드래곤으로 변하는 모습을 몇 번 봐서 익숙한 것 같았다.

"뭐, 뭐어, 됐어. 그 여유에 찬 얼굴이 공포에 질리는 것도 시간문제거든. 마법이든 화살이든 얼마든지 날려봐. 이 비늘은 그 어떤 공격으로도 뚫을 수 없어."

키스와 린이 시험 삼아 화살과 마법으로 공격했지만, 거리가 멀어서 위력이 약해진 데다 견고한 비늘에 막힌 바람에 대미지를 입힐 수 없었다.

"후훗, 이제 손쓸 방법이 없지? 장거리 공격은 통하지 않고, 접근할 방법이 없어. 자, 목숨 구걸…… 저기, 왜 저 어린애가 갑자기 옷을 벗는 거야?"

루제리는 의기양양하게 떠들어대고 있었지만 페이트포는 깔끔하게 무시하며 옷을 벗기 시작했다.

린 일행이 허둥지둥 페이트포를 둘러싸서 주위 사람들이 보지 못하게 가렸다.

"그야 옷이 찢어지면 큰일이잖아. 쟤는 저 옷이 마음에 든 것 같거든. 직접 개어놨구나. 잘했어, 페이트포."

"응. 린이 가르쳐줘써."

"이 애는 배우는 게 빠르거든."

이 상황에서 벗은 옷을 개다니 성장했는걸. 칭찬해주며 머리를 쓰다듬어주자 페이트포는 기쁘다는 듯 눈을 가늘게 떴다.

"너희는 왜 그렇게 태평한 거야? 상황을 제대로 이해하고 있는 거야? 꽤 절망적인 상황이거든?"

공중에 떠 있는 레드 드래곤이 고개를 갸웃거렸다.

우리가 이렇게 빈틈을 보이는데도 공격을 하지 않다니, 착한 녀석인걸.

"그다지 절망적인 건 아니라고. 뭐, 어떻게든 될 것 같네. 그것보다, 기다리게 해서 미안해."

나는 뒤돌아서며 창 자루 끝을 지면을 대고 히죽 웃었다.

뒤편에서 강한 바람이 불어오더니 흙먼지가 주위에 흩날렸다.

바람이 잦아들고 드래곤으로 되돌아간 페이트포가 모습을 드러냈다.

그리고 새하얀 날개를 펼치며 하늘을 향해 포효를 터뜨렸다.

"크르으으으으으으으!"

"화이트 드래곤?! 드래곤이 왜 여기 있는 거야?!"

이 녀석은 오늘 하루 동안 대체 몇 번이나 경악을 한 걸까.

내가 그런 생각을 하면서 페이트포의 등에 타자 린도 내 뒤에 탔다.

"원거리 공격을 해줄 사람이 필요하지 않아?"

"린이 같이 싸워준다니, 든든하네."

마법 엄호만이 아니라 정신적으로도 말이다.

"그럼 나도 태워줘!"

"눈치 좀 발휘해, 키스."

키스도 드래곤에 타려고 했지만 테일러가 그의 뒷덜미를 움켜잡았다.

끌어내린 키스를 한 손으로 꼼짝 못하게 잡은 테일러는 다른 손에 들고 있던 애용하는 방패를 나에게 건네줬다.

"내가 할 수 있는 거라고는 이런 것뿐이지만, 기대하고 있겠어."

"하아, 젠장! 활약할 기회를 양보했으니까, 반드시 해치우라고!"

"나만 믿어. 남은 적을 부탁해, 키스. 테일러."

나는 창, 테일러는 검, 키스는 활을 내밀어서 맞댔다.

페이트포가 힘차게 날갯짓을 하며 하늘로 날아올랐다.

레드 드래곤이 도망치듯 상공으로 날아올라서 우리도 그 뒤를 쫓았다.

전장보다 까마득하게 높은 상공에서 레드 드래곤이 상승을 멈추더니 우리를 돌아보았다.

"이 속도도 쫓아올 줄이야. 이런 곳에서 희소종인 화이트 드래곤을 보게 될 줄은 몰랐어. 그런 화이트 드래곤을 모는 인간이 있다는 사실이 더 놀랍지만 말이야. 너, 혹시 레어 직업인 드래곤 나이트야?"

"딩동댕~. 뭐, 어디까지나 전직이지만."

이제 와서 숨길 것도 아니라서 인정했다.

"흐음, 드래곤 나이트구나. 그러고 보니 이웃 나라에 최연소 드래곤 나이트가 된 기사가 있다는 이야기를 들은 적 있어."

"그게 바로 나야."

"역시 그렇구나! 소문에 따르면 그 어떤 드래곤도 매료시키는 드래곤 난봉꾼이라던데, 사실이네. 너를 처음 본 순간부터 가슴이 술렁거렸어. 저기, 나로 갈아탈 생각 없어?"

루제리가 요염한 목소리로 유혹했지만 드래곤 상태에서 색기를 발휘해봤자 어떤 반응을 보이면 좋을지 감이 안 온다고.

그리고 페이트포가 나를 돌아보며 호소하는 눈빛을 보내는 것도 꽤 신경 쓰였다.

"미안하지만, 내 파트너는 이 녀석으로 정했거든. 다른 드래곤과 바람피울 생각은 없어. ……푸핫, 얼굴을 핥지 마! 우왓, 균형을 잃을 것 같으니까 그만하라고."

내 대답을 듣고 기쁜 건지 페이트포가 커다란 혀로 내 얼굴을 핥아대는 바람에 앞이 보이지 않았다.

"어머, 차였네. 뭐, 좋아. 드래곤의 세계는 약육강식, 강자를 따르는 게 룰이야. 너도, 그 애를 해치운 후에 내가 확 차지해버리겠어."

"억지 부리는 여자도 싫어하지 않지만, 내 파트너와 연인 자리는 이미 채워졌다고."

굳이 말하지 않더라도 알겠지만 말이다. 이 자리에 있는—.

"흐음~, 처음 듣네. 너, 연인이 있었어?"

"크르릉?"

왜 둘 다 나를 쳐다보며 미심쩍어하는 건데! 너희를 말하는 거라고!

이 자리에서 그걸 설명하는 것은 부끄러우니 겸연쩍은 듯이 두 사람의 머리를 호쾌하게 쓰다듬어줬다.

페이트포는 기뻐했지만 린은 삐친 표정으로 나를 노려보았다.

"뭐 하는 거야. 머리카락이 흐트러졌잖아!"

"엄청 눈치 없는 여자네!"

"그게 무슨 뜻이야?!"

이 정도는 바로 눈치채야 할 거 아냐. 내가 너를 좋아한다는 건 이미 전했다고. 그러니까…… 어라, 린의 목덜미가 새빨개졌네. 혹시 이 녀석도 부끄러워서 이러는 건가?

"저기~ 내 눈앞에서 애정행각 벌이지 말고, 좀 진지해지는 게 어때? 지금은 전투 중이거든?"

"미안."

"잘못했어."

"크오~."

반성한 우리는 동시에 사과했다.

이 드래곤은 눈치도 빠르고 말도 통하는 타입 같다. 그렇다면 교섭의 여지가 있지 않을까?

"저기, 진짜로 물러날 생각 없어? 여기서 네가 나한테 이기더라도, 그다음에는 바닐 나리를 어떻게든 해야 한다고. 그걸 알고 있는 거야?"

"하아~ 맞아. 실은 꼬리 말고 도망치고 싶은데, 그럴 수가 없는 게 관리직의 슬픔이거든. 마왕군은 왕도와 이곳의 동시 공략에 힘을 쏟고 있어. 이 상황에서 공적을 쌓지 못하면, 여러모로 문제가 돼."

드래곤이 볼에 손을 대며 한숨을 토했다. 꽤 어이없는 광경이다.

"마왕군을 관두면 되잖아. 드래곤이라면 내가 다른 취직자리를 알선해줄 수 있거든?"

드래곤 나이트가 타기 위한 드래곤을 원하는 나라를 알고 있으니까.

루제리는 말이 통하니 제어하기도 쉽겠지.

"자유로운 드래곤은 여러모로 힘들어. 게다가 마왕군에서의 생활도 나쁘진 않거든. 그리고 인간을 수도 없이 죽여놓고…… 이제 와서 인간 편에 서는 것도 꼴사납잖아?"

"그래. 그럼 어쩔 수 없지. 전력을 다해 상대해주겠어!"

루제리에게도 양보할 수 없는 긍지가 있는 것이리라.

그렇다면 더는 이야기를 나눠봤자 소용없다.

"어머, 기뻐라. 너…… 정말, 멋진 남자네. 자, 이기든 지든 서로를 원망하기 없기야. 마음껏 싸워보자!"

서로가 크게 뒤로 물러선 후 상대를 주시하며 대치했다.

레드 드래곤은 페이트포보다 몸집이 훨씬 컸다. 속도는 페이트포가 앞서겠지만 단순한 힘겨루기로는 승산이 없다.

레드 드래곤은 불 속성이기 때문에 화염에 내성을 지녔다. 화염 브레스를 맞더라도 큰 대미지는 입지 않을 것이다.

반대로 우리는 상대가 뿜는 불꽃을 주의해야 한다. 페이트포는 화염에 내성이 있고 계약을 맺은 나도 그 은총을 받고 있다.

하지만 내 뒤편에 있는 린은 그렇지 못하다. 화염 브레스를 맞으면 잠시도 버티지 못할 것이다.

"브레스는 절대 맞지 마. 어떻게든 피해."

나는 페이트포의 목덜미를 가볍게 두드려준 후 귓가에 얼굴을 대며 지시를 내렸다.

페이트포는 약간 의아한 표정을 지었지만 내 뒤편에 있는 린을 보더니 고개를 끄덕였다. 머리가 좋은 애라서 바로 이해한 것 같았다.

내가 무슨 걱정을 하는지 눈치챈 것처럼 루제리는 입을 크게 벌렸다.

입안에서 불꽃이 용솟음쳤다.

"페이트포!"

페이트포는 일직선으로 나아가던 몸을 비틀어 억지로 방

향 전환을 해서 화염 브레스를 아슬아슬하게 피했다.

루제리의 옆을 스쳐 지나간 페이트포는 그대로 U턴을 했고 상대의 등 뒤에 자리했다.

"등이 텅 비었어!"

상대의 등에 창으로 일격을 날리려 했지만 꼬리가 날아와서 방어에 전념했다.

인간이 드래곤의 일격을 정통으로 맞는다면 무사할 수 없다. 나는 테일러가 빌려준 방패를 비스듬하게 기울여서 꼬리가 방패의 표면을 미끄러지게 하여 공격을 흘려보냈다.

그럼에도 온몸에 충격이 가해졌지만 페이트포와의 계약으로 드래곤의 힘을 얻은 덕분에 버텨낼 수 있었다.

"우왓! 괘, 괜찮아?"

"멀쩡하다고."

린을 향해 가벼운 어조로 그렇게 말했으나 마음속으로는 꽤 당황했다.

드래곤 중에서 인간으로 변할 수 있는 건 오랜 세월을 살아온 개체뿐이다. 그러니 처음부터 강적일 거라고 생각했다. 하지만 상상했던 것보다 더 강했다.

속도만이라면 페이트포가 앞선다. 그러나 다른 모든 면은 상대가 우위를 점하고 있었다.

공격을 몇 번 시도해봤는데 꼬리에 막히거나 붉은 비늘에 튕겨났다.

린도 빈틈이 보이면 마법을 날렸지만 명중해도 대미지를 입히지 못했다. 마법 방어력도 뛰어난 건지 홍마족 급의 마법이 아니면 통하지 않을 것 같았다.

이 정도로 실력이 차이가 나다니 혹시 이 녀석은—.

"너, 실은…… 할망구냐?"

"뭐어어어엇?! 갑자기 무슨 소리를 하는 거야?! 이 윤기 넘치는 비늘이 안 보여? 아직 한창이거든?!"

레드 드래곤이 공중에서 손발을 휘두르며 맹렬하게 항의했다.

젊은 애가 한창때 같은 말을 쓸까…….

"그게 말이야. 드래곤은 나이를 먹을수록 강해지잖아? 이만큼 강하다는 건, 나이가 많다는 의미 아냐?"

"무례한 소리 하지 말아줄래?! 확실히 나는 꽤 농익은 드래곤일지도 모르지만, 내가 이만큼 강한 건 마왕님 덕분이야. 들은 적 없어? 마왕님이 태어나면 몬스터들은 날이 갈수록 강해진다는 이야기 말이야. 그 대신, 마왕님이 당하면 다들 약해지고 말아."

"윽, 그런 거냐. 그건 완전히 사기잖아."

"안 그래도 강력한 드래곤인데, 나이까지 많다면…… 강할 만하네."

린의 말에 전적으로 동의한다.

상대의 공격을 피할 수 있고 우리의 공격도 명중하지만

비늘을 뚫을 수 없다. 마왕의 힘으로 얼마나 강화된 건지는 모르겠으나 그것만 사라지면 승산이 있을 것이다.

……뭐, 불가능한 일을 소망해봤자 의미가 없다.

"후훗, 아까 전의 그 위세는 다 어디 간 거야? 자, 빨리 공격해봐."

우리 공격이 통하지 않는다고 거들먹거리지 말라고.

공중에서 멈춰선 루제리가 검지를 까닥거리며 나를 도발했다.

손쓸 방법이 없는 사람을 도발하는 거냐!

"이, 이 자식……."

"진정해. 저런 뻔한 도발에 걸려들지 마. 자, 진정해. 괜찮아. 너라면 할 수 있어."

귓가에서 상냥한 속삭임이 들려오자 머리끝까지 치솟은 피가 내려갔다.

그러고 보니 이런 일이…… 전에도 있었지.

내가 린 일행의 파티에 가입하고 얼마 지나지 않았던 시기였나…….

*   *   *

기사 시절의 버릇이 남아있던 나는 검에 익숙하지 않아 공격 범위를 착각했고, 상대에게 공격을 받은 바람에 동료를 위기에 처하게 했다.

"젠장, 내 실수야. 내가 막을 테니 너희는 도망쳐! 너희가 도망칠 시간 정도는 벌겠어!"

실패를 만회하기 위해 홀로 몬스터에게 달려들려던 순간, 등을 얻어맞아서 그대로 앞으로 꼬꾸라질 뻔했다.

"아야야! 뭐 하는 거야?!"

뒤를 돌아보니 화난 표정으로 허리에 두 손을 댄…… 린이 눈에 들어왔다.

"신입이 폼 잡지 마. 너, 지금까지는 혼자서 뭐든 해내는 타입이었지?"

"그, 그렇지는……."

린이 얼굴을 쑥 내밀고 그렇게 말하자 그녀의 따뜻한 입김이 내 얼굴에 닿았다.

"저기 말이야. 우리는 파티거든? 혼자서 이길 수 없으면, 동료한테 의지해. 실수해도 동료한테 의지해. 그 대신, 동료가 위험에 처하면…… 알지?"

린은 그렇게 말하고 내 두 어깨에 힘차게 손을 얹더니 환한 미소를 지었다.

"함께 힘내는 거야. 괜찮아. 너라면 해낼 수 있어!"

＊　　　＊　　　＊

"이 상황에서 딴생각을 하면 어떻게 해? 정신 똑바로 차려."

린의 화난 목소리가, 과거를 떠올리고 있던 나를 현실로 되돌려놨다.

"또, 도움을 받았네."

"또?"

린은 기억하지 못하는 건가.

"혼잣말이니까 신경 쓰지 마. 그럼 이번에는 우리가 공격해볼까. 린도 도와줘."

"드디어 내 차례네. 보호받기만 하는 여자가 아니라는 걸 똑똑히 보여주겠어. 안 그래, 페이트포?"

"크르으으으으!"

여자들끼리 의기투합하고 있다. 정말 믿음직스러운걸!

페이트포가 앙갚음이라는 듯이 불꽃을 뿜었지만 루제리는 불꽃을 몸으로 직접 헤치듯 꿰뚫고 나아갔다.

"그렇게 나올 줄 알았어. 『프리즈 거스트』."

불꽃을 헤쳐나간 자리에는 냉기를 띤 새하얀 안개가 있었다.

루제리는 그 안개에 머리부터 들이밀었다. 불 속성인 레드 드래곤은 마법에 내성이 있어도 이 냉기라면 조금은 통할 것이다.

"끄아아아아아앗! 한방 먹었는걸! 어, 어디 간 거야?!"

충격을 받은 루제리가 움직임을 멈추더니 머리를 격렬하게 흔들며 울부짖었다. 우리는 그 틈에 상대의 머리 위로 이동했다.

……방금 반응은 뭐지? 얼음이 약점이라 저러는 걸지도 모르지만 그래도 반응이 너무 과장스럽다. 연기를 해서 우리를 유인한 후에 해치우려는 속셈인가 싶어 경계했는데 진심으로 괴로워하는 것 같았다.

"어, 어라? 마법이 통했네."

마법을 쓴 린도 놀랐다.

아래편에는 당황한 채 주위를 둘러보고 있는 레드 드래곤이 있었다. 그 동작 하나하나는 아까보다 둔해 보였다. 냉기 때문에 몸이 굼떠진 걸까?

그게 아닌 것 같은 느낌이 들었다. 아까보다 약화되어서 마법이 통한 것이다, 하고 가정하면 어떨까.

그리고 약화됐다는 건…… 어쩌면, 어쩌면…….

"해냈구나…… 카즈마!"

"이 상황에서 미치기라도 한 거야? 그 미소, 엄청 섬뜩하거든?"

나는 지금 웃고 있는 건가. 내 예상이 옳다면 절친이 절호의 기회를 만들어준 것이다.

"꽉 잡으라고!"

페이트포는 수직으로 추락하듯 머리를 내밀고 하강했다.

"꺄앗……."

뒤편에서 한순간 비명이 들렸지만 아무래도 입을 막은 것 같았다.

필사적으로 낙하의 공포와 속도를 견디고 있다는 것은 내 허리를 부여잡은 손에 들어간 힘으로 충분히 눈치챌 수 있었다.

나는 밀려오는 풍압에 인상을 찡그리면서도 결코 눈을 감지 않고 레드 드래곤의 등을 주시했다.

드래곤의 약점이라 일컬어지는 반대 방향으로 자라난 딱 하나의 비늘— 역린에 혼신의 힘을 다한 일격을 꽂았다.

창날이 정확하게 그 역린을 꿰뚫고 깊숙이 박혔다.

루제리는 축 늘어진 채 지면을 향해 추락했다.

그대로 지상과 충돌하면서 충격과 모래 먼지가 발생하자 모험가들과 몬스터들이 루제리를 주목했다. 그리고 자신들의 지휘관이 졌다는 사실을 눈치챈 몬스터가 일제히 퇴각하기 시작했다.

전투가 끝났다는 것을 확인한 우리는 전장에서 보이지 않는 장소에 착륙했다. 그리고 인간으로 되돌아간 페이트포를 업은 후 동료들과 모험가들이 기다리는 정문 앞으로 돌아갔다.

4

"어이~ 다들 무사해?"

나는 손을 크게 흔들면서 모험가들이 있는 곳으로 뛰어갔다.

다들 지칠 대로 지친 채 바닥에 주저앉아 있지만 액셀 마을을 지켰다는 달성감 덕분에 표정이 환했다. ……내 얼굴을 볼 때까지는 말이다.

그 녀석들은 나를 보자마자 인상을 찡그리더니 한껏 입을 벌리고 고함을 질렀다.

"또 위험한 순간에 도망친 거냐! 그래놓고 뻔뻔하게 돌아와?! 적이 갑자기 약해져서 어떻게든 됐지만, 무지막지하게 위험했다고!"

역시 지상의 적도 약해졌던 건가. 진짜로 해냈구나, 카즈마.

"안전해진 후에 돌아오다니……. 이 쓰레기, 벌레, 인간 말종, 더스트!"

"겁 좀 작작 먹으라고! 숨어만 있었으면서 뭐가 그렇게 무섭다고 아직도 부들부들 떠는 거야?!"

나는 모험가들이 무사하다는 사실에 솔직하게 기뻐했을 뿐이지만 이 자리에 있는 녀석들은 하나같이 나를 향해 독설을 퍼부어댔다.

남이 얼마나 고생했는지 알지도 못하면서 멋대로 떠들어대지 말라고!

"내가 떠는 건, 너희를 향한 분노 때문이라고오오오오! 누가 겁먹었다는 거야, 아앙?! 내가 너희 몰래 얼마나 활약했는지 알지도 못하면서! 좋아~, 테일러, 키스! 내 무용담을 들려줘!"

내가 두 동료에게 그렇게 말했지만 그들은 서로를 쳐다보며 땅이 꺼지도록 한숨을 내쉬었다.

"뭐, 나름 노력하긴 했다고 생각해."

"그래. 꽤 선방했다고 할까?"

"야 이 얼간이들아! 잘 좀 해봐! 입에 침이 마르도록 칭찬을 하란 말이야!"

애매모호한 발언만 하는 동료들에게 내가 발끈하자 두 사람은 슬그머니 다가와서 귓속말을 했다.

"……더스트, 너와 페이트포의 정체가 들통나지 않게 칭찬을 하는 건 쉽지 않아."

"맞아. 그걸 숨기면서 대체 어떻게 칭찬을 하냐고."

나도 그 말에는 대꾸할 수 없었다.

내 활약을 늘어놓기 위해서는 정체를 밝혀야만 한다.

드래곤 나이트였던 과거가 알려지는 것도 싫지만 더 큰 문제는 페이트포다. 화이트 드래곤은 희소종이라 그 가치가 엄청나다. 존재가 알려지면 악당들의 표적이 될 게 뻔하다.

페이트포를 생각하면 그냥 참을 수밖에 없다.

"고개 숙이지 말고 변명을 해보라고!"

그렇다. 불합리한 독설도 참아야 한다.

"적당한 변명이 생각나지 않는다고 입 다무는 거냐! 평소처럼 그 잘난 혓바닥 좀 놀려보란 말이야! 이 겁쟁이야!"

참아야…….

"이러니까 여자한테 인기가 없는 거야. 동정 냄새가 너무 심해서 딱 질색이라니깐."

…………

"동정인 건 상관없잖아! 이 망할 걸레들아아아아아! 너희들, 이번 싸움에서 활약했으니 카즈마에게 고백해서 신데렐라가 될 생각이지? 다 안다고! 미안하지만 내가 퍼뜨린 건 전부 거짓 정보거든? 안 됐네, 이 엉덩이 가볍고 골 빈 아가씨들아! 이참에 저기 있는 추남들한테도 확 까발려버려야지. 저번의 그 음몽은 내가 기획한 거야. 내가 짠 작전으로 성욕을 느낀 기분이 어때? 아앙? 푸하하하하하!"

아~ 개운하다. 하고 싶은 말을 다 했더니 기분이 참 상쾌하네.

내 반격에 말문이 막힌 건지 다들 침묵에 잠겼다.

"흥, 감히 나한테 말싸움으로 이기려고…… 어이, 마왕군과의 전투는 끝났다고. 무기는 집어넣으란 말이야. 승전 파티에 폭력은 어울리지 않거든?"

무기를 쥔 녀석들이 슬금슬금 다가왔다.

"잠깐만 있어 봐. 내가 잘못했어! 반성한다고! 그러니까 대화로 풀자. 폭력 반대, 다 같이 사이좋게 술이나 마시자, 응?"

　내가 필사적으로 달랜 덕분에 화가 조금은 가라앉은 건지, 걸음을 멈춘 모험가들은 무기를 내리고 땅이 꺼지도록 한숨을 내쉬었다.

　"너도, 카즈마도, 남의 신경을 건드리는 것만큼은 천재적인걸⋯⋯."

　"어이어이, 절친과 나를 똑같이 취급하지 마. 카즈마는 무의식적으로 그러는 거지만, 나는 악의를 가지고 의도적으로 그러는 거야."

　카즈마와 나의 차이점을 밝히자 철컹하는 금속음이 들렸다.

　모험가들이 집어넣었던 무기를 다시 꺼내 들었다.

　그리고 나를 노려보면서 크게 숨을 들이마시더니 한목소리로 외쳤다.

　""""그게 더 질이 나빠!""""

에필로그

액셀 마을의 공방전이 끝나고 몇 시간이 흘렀다.

그렇게 큰 싸움이 벌어진 후인데도 마을은 여전히 시끌벅적했다. 중상을 입었던 이들도 프리스트에게 치료를 받고 연회에 참가했다.

이 마을답다고 할 수 있는 모습이었다.

조금 신경 쓰이는 건 모험가들 사이에 묘한 소문이 퍼졌다는 걸까.

"하늘에서 드래곤끼리 싸우는 모습을 이 두 눈으로 똑똑히 봤어! 붉은 드래곤과 하얀 드래곤이 일진일퇴의 공방전을 펼치더라고. 거짓말이 아냐!"

"나도 봤어. 새하얀 드래곤에는 사람이 타고 있었다니깐! 그 소문 자자한 천재 드래곤 나이트님이 우리를 도와주러 왔던 게 틀림없어!"

몇 명이 지금도 길드 안에서 동료들에게 열변을 토하고 있었다. 하지만 이야기를 듣는 쪽은 대충 흘려넘길 뿐 믿는 것 같지는 않았다.

다들 며칠 안에 잊어버릴 것이다.

그런 소문을 들으면서 우리는 길드의 술집에서 평소처럼 술을 마셨다.

"카즈마 녀석들은 지금 뭘 하고 있을까? 무사히 마왕성에 도착했으려나?"

테일러가 갑자기 그렇게 중얼거렸다. 누군가에게 하는 말이 아니라 혼잣말 같았다.

"카즈마는 아쿠아를 데리고 돌아올 거라고 했지만 말이야. 평소 패턴을 생각하면 또 트러블에 휘말려서 울며 겨자 먹기로 마왕을 토벌할 것 같아."

키스가 술안주를 씹어먹으면서 맞장구를 쳤다.

"진짜 그럴 것 같네. 그리고 불평을 늘어놓으며 마왕에게 비겁한 수단으로 맞서겠지? 만약 그렇게 된다면, 더스트 생각에는 카즈마한테 승산이 있을 것 같아?"

린이 그렇게 물어서 나는 잠시 생각해봤다.

카즈마와 마왕이 싸우는 건가. 으음…….

"평범하게 생각하면 승산은 제로일 거야. 그래도 어떻게든 해내지 않을까? 우리도 스킬을 가르쳐줬고, 내 절친은 운 하나만큼은 끝내주게 좋거든."

말은 그렇게 했지만 나는 카즈마가 마왕을 토벌했다는 확신을 가지고 있다.

만약 내 예상이 빗나가서 카즈마에게 무슨 일이 생겼다면 페이트포와 함께 도우러 간다는 방법도 있다.

믿음직한 파트너가 뭘 하고 있나 싶어 쳐다보니 어린애 모습으로 음식을 배터지게 먹고 있었다.

　오늘은 체력을 꽤 소모했으니까 배터지게 먹어도 돼.

　"카즈마가 무사히 돌아와서, 영웅이 쓴 소중한 검을 돌려줬으면 좋겠네."

　"아, 맞다! 영웅이 된 절친에게 빌려준 검이라면, 어마어마한 가격에 팔 수 있을 거야. 그걸 팔면 평생 놀고먹으며 지낼 수 있다고!"

　"팔 생각은 눈곱만큼도 없으면서……."

　"린, 방금 무슨 말 했어?"

　"아무 말 안 했어~."

　아까까지는 그렇게 기분이 좋았으면서 왜 갑자기 언짢아 하는 거야. 여자란 생물은 정말 알다가도 모르겠다.

　"혹시 카즈마가 마왕을 쓰러뜨린다면 영웅 대접을 받으려나~. 상상이 안 되네."

　"그래. 만약 그렇게 되면 우리 손이 닿지 않는 존재가 될지도 모르겠군."

　키스와 테일러는 허공을 쳐다보고 표정을 굳혔다.

　"흥, 괜한 걱정 하지 마. 만약 카즈마가 마왕을 쓰러뜨렸다면 기고만장해서 짜증날 정도로 자랑을 해댈 테고, 그럼 우리가 발끈해서 대난투를 벌이게 될걸? 평소와 다를 게 없어."

　카즈마는 변하지 않을 거야. 뭐, 자기 활약상을 마구 부풀려서 늘어놓기는 하겠지만······.

　그 광경을 상상해봤는데 뜻밖에도 그다지 화나지 않았다. 짜증이 나기는 하지만 말이다.

　어딘가에서 이 세상의 운명이 걸린 결전이 벌어지고 있을지도 모르는데, 우리는 느긋하기 그지없었다.

　모험가들은 길드 안의 술집에서 대낮부터 술을 코가 삐뚤어질 정도로 마셨다.

　"이번에는 우리도 대활약을 했어! 듈라한 때나 디스트로이어 때는 카즈마 파티한테 의지하기만 했는데 말이야."

　"그래. 이번만큼은 우리도 가슴을 펴고 이 마을을 지켜냈다고 자랑할 수 있어!"

　근처에 있던 모험가 파티가 자기 자랑을 늘어놓았다.

　액셀 마을 방어전의 승리는 모두의 힘을 합친 결과다. 내가 가장 활약했다고 생각하지만 괜한 소리를 할 생각은 없다.

　모두가 주역이라도 괜찮잖아.

　"하지만 말이야~. 어디 사는 누구는 농땡이를 피웠잖아~."

　"누구를 말하는 건지 알겠네. 그 녀석, 자칭 이 마을의 얼굴이라며? 푸하하하하하!"

　"어이, 그만하라고. 겁쟁이가 울음을 터뜨리면 어쩌려고 그래~. 크하하하하하."

　그게 누구를 두고 하는 말인지 바로 눈치챘다. 저 녀석들이 내 쪽을 쳐다보면서 히죽거렸거든!

"아, 되게 끈질기네! 또 그런 소리를 하는 거냐?! 내가 얼마나 활약했는지, 네놈들의 몸에 직접 가르쳐주마!"

"헛소리 마! 나는 아직도 음몽 건을 잊지 않았다고!"

"네 흉계에 빠져서 흥분했었던 거라니, 절대 용서 못 해!"

그 자식들이 적반하장으로 달려들려고 해서 나는 의자를 들고 맞섰다.

"자, 그만해! 승전 파티 중이니까, 바보짓 좀 하지 마. 난동 피우다 기절해서 내일 깨는 건 싫지 않아?"

"그래. 승리의 기쁨에 찬물을 끼얹는 짓은 하지 마."

린과 테일러가 달래면서 어르자 다들 투덜거리면서도 자리로 돌아갔다.

"꾸중 좀 들었다고 관두냐? 한심하네~."

"시끄러워, 키스! 너도 딱히 활약하진 않았잖아. 아얏! 머리 때리지 마! 바보 되면 책임질 거냐?!"

"풋, 두들겨 맞아봤자 지금보다 더 바보가 되지는 않을걸?"

지팡이를 휘두른 린은 불평을 늘어놓으며 코웃음을 쳤다.

여전히 얄미운 표정을 짓네.

요즘 들어 좀 가까워진 느낌이 들었지만 결국 평소와 다름없는 관계로 되돌아갔다.

그래도 저 녀석을 향한 감정에 변함이 없는 걸 보면 진심으로 좋아하는 건가.

또 잔소리를 늘어놓는 린을 쳐다보면서 나는 천천히 술을 들이켰다.

　도중 참가한 녀석들과 함께 시끌벅적하게 떠들어댄 승전 파티가 끝난 후, 나는 린과 둘이서 정문 근처의 광장으로 향했다. 그리고 그곳의 벤치에 앉아 멍하니 밤하늘을 올려다봤다.

　……어쩌다 이렇게 됐지?

　술 좀 깨려고 밖에 나갔는데 얼굴이 벌게진 린이 「나도 갈래」라면서 따라왔다.

　한밤중의 산책을 하며 별것 아닌 이야기를 나누다 보니…… 지금에 이른 것이다.

　나는 대체 뭐가 하고 싶은 거지?!

　멀쩡한 척하면서 무난한 대화를 나눠봤지만 린의 의도를 알 수가 없었다.

　세간에서 일반적으로 말하는 좋은 분위기 같은 느낌이었다. 자랑은 아니지만 이런 상황에서 뭘 어쩌면 좋을지 모르겠다!

　성희롱이라면 아무렇지 않게 가능한데 이런 달콤한 분위기는 질색이라고.

　린의 얼굴을 힐끔 쳐다보니 볼을 붉힌 채 지그시 나를 올려다보고 있었다.

　이건, 그거지? 틀림없어. 키스를 갈구하는 표정이야! 그래, 분명해! 남자답게 확 해버리자.

나는 떨리는 손을 린의 어깨에 얹었다.

린은 놀란 표정을 지었지만 저항하지는 않았다. 그뿐만 아니라, 눈을 감았다.

"남은 답례를 지금 여기서 할게……."

좋아, 할 수 있어!

서로의 얼굴이 가까워지고 입술과 입술이 닿기 직전—.

"안 대~!"

그런 고함과 함께 새하얀 덩어리가 근처 수풀에서 뛰어나왔다.

그것은 내 복부에 정통으로 꽂힌 후 움직임을 멈췄다.

"커억! 갑자기, 뭐하는…… 페이트포냐?"

"어, 어떻게 여기에 온 거니?"

내 배에 얼굴을 비비고 있는 어린 여자애는 바로— 페이트포였다.

페이트포가 느닷없이 등장해서 나와 린은 아연실색했다.

"쩌기, 마리야. 더스뜨는 내 쭈인님이거든? 린 시러! 으르르르릉!"

페이트포가 이를 드러내며 린을 위협했다.

"아, 아냐. 딱히 더스트를 뺏으려는 게 아니라……."

"크아아앙!"

린이 허둥지둥 부정하며 손을 내밀자, 페이트포는 입을

크게 벌리고 그 손을 물려는 시늉을 했다.

인간의 모습으로 이렇게 감정을 드러내며 화를 내는 건 처음인걸. ……이런 생각이나 느긋하게 하고 있을 때가 아닌가.

"진정해, 페이트포. 별일 아니라고. 그런데, 용케 우리가 여기 있는 걸 알았네."

"그게 마리야. 끼스가 더스뜨를 쪼짜가써. 그래서, 나도 따라온 거야."

"그랬구나. 끼스…… 키스 말이야?"

"응. 쩌기 이써."

내 의문에 바로 답한 페이트포는 자신이 방금까지 숨어 있었던 수풀을 손가락으로 가리켰다.

바로 그때, 부스럭거리는 소리가 나며 수풀이 흔들렸다.

"좋아~. 거기 있는 녀석, 나와."

내가 수풀을 향해 그렇게 말하자 「냐옹~」 하고 굵직한 고양이 울음소리가 들렸다.

"뭐야, 고양이구나. 좋아~ 린, 마법으로 확 날려버려."

"오케이. 화끈한 걸 한 방 먹여주겠어."

린이 무시무시한 미소를 짓고 내 오른편에 서더니 표적을 향해 지팡이를 내밀었다.

"기다려! 금방 나갈 테니까, 멈춰!"

수풀에서 허둥지둥 세 사람이 튀어나왔다.

멋쩍은 미소를 짓고 있는 키스, 머리를 긁적이는 테일러,

그리고 메모장을 손에 든 채 눈을 반짝이고 있는 로리 서큐버스였다.

"나는 말렸는데 말이지. 미안하다."

"저는 즐겁게 훔쳐봤어요! 약간 울컥하며 치미는 게 있지만, 개의치 말고 계속하세요!"

"우리는 길바닥의 풀이라 생각하고 끝까지 해. 선을 넘기 직전에 방해할 거지만."

테일러는 사과했지만 다른 두 사람은 전혀 반성하지 않는 것 같았다.

키스가 한 말의 끝부분은 잘 들리지 않았는데, 표정을 보아하니 변변찮은 생각을 하는 게 틀림없다.

"하기는 뭘 해. 그런 짓 할 마음은 싹 가셨다고. 그렇지? 린."

"그래? 나는 괜찮은데. 그냥 화끈하게 보여주자."

"뭐어엇?!"

뜻밖의 대답을 듣고 허둥지둥 왼쪽을 쳐다보자 상냥한 미소를 짓고 있는 린의 모습이 눈에 들어왔다.

린은 아까와 마찬가지로 눈을 감더니 약간 발돋움을 했다.

주위의 시선이 신경 쓰이지만 린에게 창피를 줄 수야 없지!

나도 마음을 굳히고 얼굴을 서서히 내밀었다.

"후하하하하! 유감스럽게도, 이 몸이었습니다!"

……눈앞에서 린의 얼굴이 바닐 나리로 변했다.

"이렇게 질 좋은 악감정을 대량으로 맛볼 줄이야! 일전의

빚은 이걸로 탕감해주지."

인간은 너무 놀라면 아무 말도 못 하는구나…….

빚이라면 액셀 마을을 지키는 것을 도와주는 대신에 지불하기로 했던 그건가.

"루나한테서 천만 에리스를 받았으니 된 거 아니냐고……."

"그것과 이건 엄연히 별개다."

멍청한 계약을 한 것을 후회하며 풀이 죽어 있는데, 누군가가 내 오른쪽 어깨에 손을 얹었다. 그쪽을 쳐다보니 쓴웃음을 짓고 있는 린이 눈에 들어왔다.

그러고 보니, 린은 왼쪽이 아니라 오른쪽에 서 있었지. 이 상황에서 그런 걸 어떻게 기억하냐고!

"왜 그러지? 양아치 모험가여. 부들부들 떨고 있구나. 열이라도 있는 것이냐?"

"이제, 화낼 기력조차 없어……."

바닐 나리는 의기양양하게 돌아갔고 우리는 동료들과 함께 길드로 돌아갔다.

페이트포는 졸음이 한계에 달한 건지 나한테 업혀서 숙면을 취하고 있었다.

내 등에서 흘러내릴 것 같아서 걸음을 멈추고 고쳐 업는 사이, 동료들이 내 옆에 나란히 섰다.

"이제부터 다시 한잔하자! 내가 살 테니까 기분 풀어."

키스가 술을 산다는 소리를 하다니 참 드문 일도 다 있다.

"오늘 액셀 방어전에서 최고의 공로자는 더스트, 바로 너야. 다른 녀석들은 그걸 모르겠지만 우리는 알지. 그걸로 충분하지 않아?"

테일러까지 그런 소리를 하는 거야. 되게 기분 나쁘네. 평소에는 잔소리만 하면서.

"작전이 교활할 뿐만 아니라 비겁하기 짝이 없었지만, 더스트 씨는 최선을 다했어요! 정말 대단해요!"

로리 서큐버스는 연거푸 고개를 끄덕이며 나를 치켜세웠다.

"너희 셋 다 왜 그러는 거야. 뭐 이상한 거라도 먹었어?"

"너 말이야……. 다른 사람에게 인정받지 못할 테니, 하다 못해 우리라도 인정해주려고 하는 거잖아. 이번에는 정말 멋졌어."

린은 내 가슴에 가볍게 주먹을 대고 환한 미소를 지었다.

……그래. 나를 걱정해주는 거야.

최연소 드래곤 나이트라는 지위를 스스로 버리고, 조국에서 추방되어 모험가가 된…… 나를 걱정해주는 사람이 여기에 있다.

본능에 따라 바보짓을 하며 멋대로 살아가고 있지만 동료들은 나를 버리지 않았다. 그뿐만 아니라 지금도 이렇게 함께 해주고 있다.

한번은 양지를 떠난 어리석은 자라도, 동료들 앞에서는 각광을 받으며 활약해도…… 괜찮겠지.

"뭐하는 거야? 빨리 가자!"

내가 멈춰서자 린이 내 손을 잡아끌었다.

과거를 후회하며 멈춰서기엔 아직 너무 이르다.

나는 나답게, 이 마을에서 살아가자. 이 사랑스러운 동료들과 함께……

■ 작가 후기

최종권에 도달했습니다!

후기도 이것으로 마지막이니 이제까지 밝히지 못했던 것들을 폭로할까 합니다. 우선 최종권의 내용을 가볍게 언급하겠습니다.

『이 멋진 세계에 축복을!』 17권에서 카즈마 일행이 마왕성에서 한창 싸우고 있을 때, 액셀 마을은 마왕군에게 습격을 당한다. 원래라면 눈곱만큼의 승산도 없는 적들에게, 액셀의 모험가들은 어떻게 맞섰을까. 더스트는 어떤 활약을 보였을까! ……라는 내용입니다.

『『이멋세』의 스핀오프를 써보지 않겠어요?』라는 담당 편집자의 제안을 냉큼 받아들였지만 예상을 아득히 넘어서는 중압감에 시달리면서 이 시리즈를 시작했습니다. 그런 작품을 끝까지 집필한 저를 이번만큼은 칭찬해주고 싶네요.

일전에도 후기에서 언급했습니다만 저는 『이 멋진 세계에 축복을!』의 팬이었습니다. web판을 전부 읽었고 소설도 전부 구매했죠. 그런 일개 팬이라서 스핀오프를 쓰며 고생했습니다.

이멋세의 무대만 빌려서 제가 만든 오리지널 캐릭터를 잔

뚝 출연시키며 마음가는 데로 쓴다는 선택지도 고려해봤지만 팬의 관점에서 재미있을까 생각해봤습니다.

그런데 재미가 없을 것 같더군요. 「모르는 작가의 모르는 캐릭터보다, 기존 캐릭터의 활약이나 그 이야기의 이면을 알고 싶다」고 생각했습니다.

그래서 메인 캐릭터 중에 완전 오리지널 캐릭터는 5권에서 등장한 페이트포뿐입니다. 이 애만은 제가 하나부터 열까지 구상해서 제안했죠.

5권의 감상을 보면 독자 여러분도 페이트포를 받아들여주신 것 같아서 한숨 돌렸습니다.

이제 와서 이 시리즈를 처음부터 끝까지 돌이켜보니 참 감개무량합니다.

1권은 몇 번이나 다시 썼는데도 출판 직전에는 불안만 느꼈습니다. 독자의 반응이 무서워서 인터넷으로 반응을 확인하지 않고 속만 끓이는 나날을 보냈죠.

2권을 쓸 때는 중압감이 조금 가벼워져서 아르칸레티아를 건드려봤습니다. 예. 아쿠시즈교의 총본산입니다. 스핀오프를 쓸 거면 꼭 다루고 싶은 장소였지만…… 1권에서 다룰 용기는 없었어요.

3권에서 『이멋세』의 인기 캐릭터 중 한 명인 아이리스를 등장시키기로 결정되어서, 외전을 포함해 아이리스의 대화

장면을 수도 없이 다시 살펴봤습니다. 아이리스다움을 연출하지 못한다면 큰일난다! 하고 생각하며 마음을 단단히 먹고 임했죠.

4권은 로리 서큐버스가 메인인 이야기였습니다. 사실 더스트와 로리 서큐버스의 대화는 술술 써집니다.

당초에 로리 서큐버스는 일개 엑스트라일 예정이었지만 더스트와 얽히면 이야기가 참 재미있어져서 글을 쓰기 쉬웠습니다. 그래서 어느새 없어서는 안 될 메인 캐릭터가 됐죠. 그리고 제스터도 다뤄서 만족했습니다!

5권…… 페이트포가 등장한 권입니다. 그 부분은 이미 언급했으니 넘어가겠습니다.

6권은 리오노르 공주가 등장한 권입니다. 그녀 때문에도 고생을 많이 했습니다. 현재의 더스트조차 농락할 정도의 캐릭터 개성을 지녀야 하니까요. 그리고 실은…… 리오노르 공주와의 해피 엔딩 버전도 존재합니다. 폐기하고 다시 썼지만요.

그리고, 이번 7권!

우선 읽어주셨으면 합니다. 최선을 다해 썼으니까요!

그럼 마지막으로 감사인사를 드릴까 합니다.

아카츠키 선생님. 저어어어어엉말 감사합니다! 이렇게 제 뜻대로 자유롭게 쓰게 해주셔서 진심으로 감사드립니다. 아카츠키 선생님을 향한 감사의 마음을 글로 표현했다간 후기 페이지를 전부 할애해야 할 것 같으니, 이쯤에서 끝내겠습니다. 그리고 17권은 최고로 재미있었습니다!

미시마 쿠로네 선생님. 이 후기를 쓰던 시기에는 최신권의 일러스트를 보지 못했습니다. 어어어엄청 고대하고 있습니다! 예의 그 장면도 일러스트로 표현될까요~.

유우키 하구레 선생님. 최종권까지 함께 해주셔서 감사합니다! 이 시리즈의 일러스트를 다시 살펴보니 모든 캐릭터가 매력적으로 표현되어 있었습니다. 그리고 그리움에 사로잡힌 나머지, 가슴속 깊은 곳에서 눈물이 치밀어올랐어요…….

담당 편집자이신 M씨. 저, 『이멋세』의 스핀오프를 끝까지 썼어요!

스니커 문고의 여러분. 영업 담당자 여러분. 디자이너 여러분. 교정자 여러분. 그 외에도 이 작품에 관여해주신 많은 분들. 진심으로 감사드립니다!

그리고 마지막까지 함께해주신 독자 여러분에게, 진심으로 감사드립니다!

히루쿠마

언젠가 더스트 일행과
또 만날 수 있었으면
좋겠습니다!
정말 감사했습니다!

유우키 하구레

어리석은 자 최종권 발매를 축하드립니다!
집필 수고하셨습니다!
그들은 앞으로도 액셀 마을에서
시끌벅적한 나날을 보낼 겁니다.
더스트 일행의 모험을 집필해주신
히루쿠마 선생님에게, 진심으로 감사드립니다!

아카츠키 나츠메

어리석은 자 7권 발매 & 완결 축하드립니다!
히루쿠마 선생님, 유우키 하구레 선생님,
정말 수고하셨습니다!
매권마다 하구레 선생님이 그리신 표지와 삽화를
경건한 마음으로 감상했습니다. 정말 감사했습니다!

미시마 쿠로네

안녕하십니까. 근로청년 번역가 이승원입니다.

『저 어리석은 자에게도 각광을!』7권을 구매해주셔서 진심으로 감사드립니다.

본편에 이어 스핀오프인 『어리석은 자』 시리즈도 완결이 났습니다.

본편 못지않게 좋아했던 작품인지라, 이렇게 마침표가 찍히니 아쉽기 그지없습니다.

자신의 과거와 실력을 숨기고 초보자 모험가의 마을에서 조용히 지내는 한 모험가가 소중한 동료와 절친, 그리고 사랑하는 이의 도움을 받아 다시 앞으로 나아간다……. 이렇게 말하면 정통파 판타지 소설 같지만, 이 작품이 이멋세의 스핀오프라는 것을 잊으면 안 됩니다.^^

주인공인 모험가는 망나니 그 자체이고, 소중한 동료는 망나니 No.2와 고지식 덩어리, 절친은 사고뭉치, 그리고 사랑하는 이는 툭하면 주인공에게 파이어볼을 날려댑니다.

……우와, 막장이네요.

이런 매력적(^^)인 캐릭터들이 활약하는 이 작품은 이멋세의 스핀오프답게 본편에서 다뤄진 사건의 이면에서 벌어지는 일들, 그리고 주인공인 더스트의 과거를 메인으로 내용이 전개됐습니다.

물론 거기에 오리지널 요소로서 로리 서큐버스와 페이트포, 리오노르 공주 등이 더해지면서 이멋세라는 틀 속에서 최대한 고유의 재미를 자아내고 있습니다.

거기에 유우키 하구레 선생님의 매력적인 일러스트가 작품 전체에 색감을 더해주고 있죠.

특히 일러스트의 에로틱함은 매번 신선한 충격으로 다가왔습니다.

글래머와 로리를 가리지 않고 각 캐릭터의 매력을 최대한 끌어내고 있다고 할까요……. 정말 최고였습니다!

역자로서, 그리고 독자로서 재미있게 즐긴 작품이 끝나면 공허함을 느낍니다. 하지만 이별이 있어야 새로운 만남이 있는 법! 히루쿠마 선생님 & 유우키 하구레 선생님의 재미있는 작품을 또 접할 수 있기를 팬으로서 진심으로 바라고 있습니다!

그럼 이만 줄이겠습니다.

『이멋세』의 스핀오프를 끝까지 저에게 맡겨주신 L노벨 편집부 여러분. 감사합니다. 앞으로도 잘 부탁드립니다.

밥 사준다 해놓고 서울로 튄 악우여. 무슨 변명을 하나 했더니…… 그래, 애니〇이트의 전시회를 보러 가는 거냐. 그렇다면 말릴 수 없지. 고기 파티 준비해둘 테니, 여행 선물 기대하마~.

마지막으로 언제나 제게 버팀목이 되어주시는 어머니와 『저 어리석은 자에게도 각광을!』을 읽어주신 모든 분들에게 진심으로 감사드립니다.

새로운 작품의 역자 후기 코너에서 독자 여러분을 다시 뵐 수 있기를 진심으로 빕니다!

2020년 10월 초
역자 이승원 올림

저 어리석은 자에게도 각광을! 7
용에게 사랑받는 어리석은 자

1판 1쇄 발행 2020년 11월 10일
1판 2쇄 발행 2021년 2월 16일

지은이_ Hirukuma
일러스트_ Hagure Yuuki
원작_ Natsume Akatsuki
캐릭터원안_ Kurone Mishima
옮긴이_ 이승원

발행인_ 신현호
편집부장_ 윤영천
편집진행_ 김기준 · 김승신 · 원현선 · 권세라 · 유재슬
편집디자인_ 양우연
관리 · 영업_ 김민원 · 조인희

펴낸곳_ (주)디앤씨미디어
등록_ 2002년 4월 25일 제20-260호
주소_ 서울시 구로구 디지털로 26길 111 JnK디지털타워 503호
전화_ 02-333-2513(대표)
팩시밀리_ 02-333-2514
이메일_ lnovelpiya@naver.com
ㄴ노벨 공식 카페_ http://cafe.naver.com/lnovel11

KONOSUBARASHI SEKAI NI SHUKUFUKU WO! EXTRA ANO OROKAMONO NIMO
KYAKKO WO! Vol.7 RYUNIAISARESHI GUSHA
©Hirukuma, Hagure Yuuki, Natsume Akatsuki, Kurone Mishima 2020
First published in Japan in 2020 by KADOKAWA CORPORATION. Tokyo.
Korean translation rights arranged with KADOKAWA CORPORATION. Tokyo.

ISBN 979-11-278-5737-0 04830
ISBN 979-11-278-4526-1 (세트)

값 7,800원

이 멋진 세계에 축복을! 1~17권

아카츠키 나츠메 지음 | 미시마 쿠로네 일러스트 | 이승원 옮김

게임을 사랑하는 은둔형 외톨이 소년, 사토 카즈마의 인생은
너무하도 허무하게 그 막을 내린…… 줄 알았는데,
정신을 차려보니 눈앞에 여신을 자처하는 미소녀가 있었다.
"이세계에 가지 않을래? 원하는 걸 딱 하나만 가지고 가게 해줄게.",
"그럼 널 가지고 가겠어."
이리하여, 이세계로 넘어간 카즈마의 대모험이 시작……되나 싶었는데,
결국 시작된 것은 의식주 확보를 위한 노동이었다!
카즈마는 그저 평온하게 살고 싶지만,
문제를 연달아 일으키는 여신 때문에 결국 마왕군에게 찍히고 마는데?!

애니메이션 방영 화제작!!

곰 곰 곰 베어 1~12권

쿠마나노 지음 | 029 일러스트 | 김보라 옮김

게임이 현실보다 재밌습니까?—YES
현실 세계에 소중한 사람이 있습니까?—NO

……온라인 게임 설문 조사에 대답했을 뿐인데
말도 안 되는 이세계(아마도)로 내던져진 나, 유나.
은톨이 경력 3년의 폐인 게이머.
맨 처음 장착하게 된 장비템이 『곰 세트』라니……
이게 무어야—!?
하지만 세고 편하니까 뭐, 괜찮으려나?
울프를 쓰러뜨리고, 고블린을 쓰러뜨리고
극강 곰 모험가로서 일단 해볼까요.

은둔형 외톨이 소녀, 이세계에서 무적의 곰 모험가가 되다!